Addicted To Yo
依讀 著
凌夏 繪

第一章　迷蝶

有時候巧合是一件令人煩心的事情。

莫刑看著面前找他要資料的新同事，感覺身體裡的血液一瞬間像是被抽乾了，頓時有些呼吸困難。

新同事是一名年輕男子，模樣雖然稱不上特別帥氣，但氣質乾淨。對方身材高䠷，染成深棕色的髮絲梳理得整整齊齊，且笑容溫柔，仔細打扮後應該會是挺受女性歡迎的類型。

然而對莫刑來說，對方就是個行走的噩夢，是他不堪回首的過去。

「江坤寒……你怎麼在這裡？」莫刑顫抖地低聲問，他感覺彷彿有隻手掐住了他的頸子。

「我來工作的，跟你無關。」江坤寒聳聳肩，平靜地說，「而且我們說好了，那天的事就當作沒發生過，對嗎？」

「對……對……」莫刑下意識拉扯自己的頭髮，然後把手指放進口中，神經質地啃咬。他的指縫都被自己給啃出了血，可是他停不下來。

壓力讓莫刑的視野開始微微晃動，眼前的報告書突地長出了盛開的血色罌粟，他抬起頭，眼睜睜瞧著江坤寒的臉整個展開，脖子以上的部分變成了一隻展翅的蝴蝶，還對他拍了兩下翅膀，看上去萬分荒誕。

江坤寒擰起眉，對莫刑低聲說：「你怎麼看起來比以前更嚴重了，難道又看到幻覺了嗎？等等，你不會剛剛才去抽了迷蝶吧？莫刑，你還在工作當中！」

「我、我知道……」莫刑繼續咬著手指，幾乎要把整隻手給塞進嘴裡。

江坤寒不耐地把莫刑的手拉出來，「算了，小毒蟲，其他的我不管，把資料給我就是了。」

莫刑僵硬地點了點頭，他目睹幾隻毛毛蟲從江坤寒的嘴裡掉出，落在他的桌上緩緩蠕動，還有一顆眼球卡在他的電腦上，瞪大了眼盯著他。

事情到底是怎麼變成這樣的？

莫刑痛苦地問自己。

事情不該是這樣的。

莫刑一直都被暗網給深深吸引，並且花費了不少時間流連於其中。

位於世界陰暗一角的暗網中，存在著許許多多跟他一樣的人，痛苦的靈魂們試圖在裡頭尋求幫助。這讓莫刑安心了不少，感覺自己終於有了同伴。

莫刑最常瀏覽的是一個關於自殺和殺人的網站，欲自殺者可以在這裡跟欲殺人者互動，之後私下找地方完成彼此的願望。

莫刑便是在這個網站遇見了江坤寒，莫刑想自殺，而江坤寒想殺人，他們一拍即合，很快約定了見面。

他們的會面日訂在一個寒冷的冬天晚上，莫刑站在江坤寒的屋外，吐出的氣息凝結成一團淡淡的白煙。

江坤寒替他開了門，待他進屋後，用平靜的語氣問：「要喝點什麼嗎？水？果汁？」

「不……」

「你確定不用？這可能是你的最後一餐，別客氣。」江坤寒笑了笑。

「那、果汁？」莫刑囁嚅著，他不敢自己隨便找地方坐，因此找了個角落站著。

江坤寒將自己的外套丟在沙發上，回頭向莫刑說了一句：「你在幹麼？坐啊。」

聽見這句話，莫刑這才緩緩移動到沙發邊坐下，並把後背包放在自己的膝上，緊緊地抱著。

他依然不敢做其他動作，江坤寒不知道去哪了。莫刑僵著身子環顧四周，最終視線停在自己腳邊的磁磚上，盯著那片花紋。

不久，莫刑聽見貓的叫聲，但他不確定眞的是貓叫，還是他的幻覺，他的毒癮有點犯了。

莫刑壓著自己的褲子口袋，感受迷蝶在裡面的觸感。他思考著要不要出去抽一根，可是對未知的焦慮讓他待在了原地。

莫刑咬起指甲，他很緊張，他就要死了，被江坤寒殺死。

江坤寒再度出現，他端來一杯果汁放到莫刑面前，微笑詢問：「所以你爲什麼想自殺？」

「沒有，就只是……不想再繼續活下去了。」莫刑攪扭著雙手，整個人無比不自在。

事實上，莫刑的日子一向都過得不太好，尤其是在家裡出現迷蝶之後。

迷蝶是大約十年前出現的混合型毒品，一下子就在市面上變得相當受歡迎。這種毒品的成癮性極高，並且會帶來非常顯著的興奮效果，最大的副作用則是會使人看見各種詭異的幻覺，有些人甚至因爲幻覺而犯罪或自殺。

莫刑接觸迷蝶時根本不清楚危險性，迷蝶是他母親塞給他的，他接觸沒多久就有了嚴重的戒斷症狀。

莫刑注視著江坤寒，沉默了一下後，怯生生地開口：「你有殺過人嗎？」

「沒有，你是第一個，不過我會殺點其他東西。」

「其他東西？」

「家裡有個櫥櫃，裡面都是我養的一些動物，有時候我會抓幾隻來殺。你想看嗎？我去拿過來。」

江坤寒說完便離開了客廳，再次回來時，手中抱著一隻白貓和一個鐵桶。那隻貓的腳似乎受傷了，因此不斷發出淒厲的哀號，而且不太能動。江坤寒把鐵桶放在莫刑面前，隨後把貓丟進了鐵桶當中。

白貓掙扎著，一次次的悲鳴像是求救的訊號。江坤寒慢慢從沙發底下抽出一條童軍繩，平靜地說：「你可以幫我扶住桶子嗎？我不希望牠掙扎的時候傷到我們兩個。」

莫刑愣住了。他瞧瞧那條繩子，又看看江坤寒的臉，茫然地發出一個單音：「嗯？」

「我說，幫我扶好鐵桶。」江坤寒蹲下身，拉了拉手中的童軍繩。

屋內的燈光驀地轉爲昏暗，莫刑見到奇怪的文字在客廳裡飛舞。他嚇傻了，過了半晌才遲疑地伸出手，壓住鐵桶的兩邊。

貓掙扎著咬上江坤寒的手，但江坤寒彷彿沒有知覺一樣，逕自把繩子套上貓的頸部，隨即緩緩收緊了繩子。

莫刑看著這一切，他的腦中出現了笑聲，有一圈人圍在他身邊，對著他鼓掌，在那如雷的掌聲中，他覺得自己宛若一個完美的表演者。

可是他到底在表演什麼？

莫刑恍惚地壓著鐵桶。

我在表演什麼？

他低下頭，正好跟那隻貓對上了視線，貓掙扎著，神情扭曲得像隨時都會斷氣。

「不、不不不！」莫刑放開手，猛然往後退開，桶子被翻倒在地，江坤寒也被撞得鬆了手。莫刑伏下身體，抱住自己的頭悲鳴：「這樣不對……這樣是不對的。」

「你在幹什麼！」江坤寒怒吼。

「不行，我做不到。」莫刑啜泣著，拼湊不出完整的句子，烏黑的眸底盡是恐懼，「我殺不了牠，牠、牠太大了，這麼大……牠好暖和……」

死亡。

這是莫刑第一次深切意識到生命即將被奪走是怎樣的感覺，一點也不有趣，看上去萬分疼痛又可怕。

莫刑突然怕了，害怕死亡。

江坤寒壓抑住自己的不滿，他咬著牙，沉聲開口：「算了，反正今天眞正要殺的是你。」

「不……」莫刑驚恐地囁嚅著。

「不？你說『不』是什麼意思？」江坤寒怔了一下，接著大聲怒吼：「你不想死了嗎？你不想死了？」

莫刑畏懼地點點頭。他看見植物的根從江坤寒的腳底冒出，一點一點往上攀去，成爲困住江坤寒的牢籠。

莫刑將差點被殺死的貓當成了自身的縮影，他感覺那樣似乎很痛，很痛又很恐怖，比起死亡本身，「痛」的感覺反而更讓莫刑躊躇。

江坤寒在客廳裡來回踱步，最後抱住頭大罵了一句：「該死！」

這下麻煩了，他不曉得自己究竟該按原定計畫把莫刑給殺死，還是就這樣放過莫刑。

他決定先暫時離開客廳去房間冷靜，之後再思考下一步該怎麼做。

目送著江坤寒離開的背影，莫刑不禁喃喃自語道歉，他想找個地方躲起來，放眼望去卻哪裡也去不了。他縮到沙發邊，帶著破碎的啜泣點燃了迷蝶，藉由冉冉上升的煙霧逃避現實。

十分鐘後，江坤寒回來了，他遠遠就看見蹲在沙發旁抽迷蝶的莫刑。

踩著重重的腳步，江坤寒走過去搶走莫刑手中的菸捲，「你以爲我看不出來這是什麼毒品嗎？你在我家抽迷蝶？你瘋了嗎！嗄！」

莫刑單薄的身子抽動著，他有點亢奮起來了，江坤寒的怒吼在他耳中化爲細小的雜音，聽上去甚至像一首海妖的歌。

江坤寒摁熄了菸，迅速打開窗戶，回頭又對莫刑吼：「你是故意的嗎？故意要激怒我？」

「還我。」莫刑的雙眼失焦，他蠕動乾澀的嘴唇，輕聲向江坤寒哀求：「我還沒吸夠。」

「閉嘴！」江坤寒回到莫刑面前，踹了一下莫刑身後靠著的沙發，「該死的毒蟲，我不能讓你用這副樣子回去！等你清醒點了就給我滾！」

他剛決定了要放莫刑一條生路，沒想到對方就給他捅出這個婁子來。

「可是……可是……」莫刑歪著頭喃喃。

「去找點別的事情做，天啊，不可置信！」江坤寒坐到沙發上，深吸了幾口氣，勉強穩住情緒後打開電視。

他看了幾分鐘的政治新聞，隨後轉臺至綜藝節目，再看了幾分鐘的電影，最後停在旅遊頻道。

江坤寒往後靠上沙發，他想專心欣賞奧地利的美麗風景，卻聽見沙發邊傳來莫刑小小的嗚咽聲，令他心浮氣躁。

「你在搞什麼！能不能安靜點！」江坤寒一邊說一邊轉身去瞪莫刑。

看見莫刑的那刻，他頓住了。

莫刑將自己的褲子褪下了半截，用手握住自己的下體，一邊摩擦一邊隱忍著發出難耐的細微呻吟。他蒼白乾澀的薄唇微張，病態的白皙皮膚透出淡淡潮紅，烏黑的眼眸半瞇著，正在享受這短暫的快感。

在迷蝶的幻覺當中，莫刑不知道看見了什麼。

江坤寒抹了把臉，決定不去管莫刑，但莫刑發出的聲音在他的腦內揮之不去，他無法克制自己內心的衝動。

「該死！」江坤寒離開沙發，來到莫刑面前脫下自己的褲子和內褲，將半勃的陰莖湊上去，「含住。」

莫刑還處在半迷離的狀態，他感覺有根棒狀物碰到了他的嘴邊，瞬間有點嚇到了，不過他還是在江坤寒的命令下，顫抖著含住了對方的生殖器。

這時莫刑已經嚇得稍微清醒了些，不快的回憶從腦海中閃過，江坤寒的手壓住了他的後腦勺，將整根陰莖塞進他的口中，使他想吐。

莫刑僵住了，他不曉得自己該做什麼動作，於是江坤寒扯住莫刑毛躁的頭髮，一前一後地抽送逼迫他吞吐。莫刑感覺自己被當成了一個性愛娃娃，任由江坤寒操弄著。

「我快去了。」半晌，江坤寒低喃，腰部撞擊的力度越來越大，莫刑臉上驚恐害怕的神情有如最強烈的春藥，讓江坤寒興奮得戰慄。

最後，江坤寒嘶吼著射在莫刑嘴裡，莫刑茫然地瞇起帶有黑眼圈的眼眸，感覺肉棒從自己嘴裡退出。他偏過頭，半透明的精液混雜著口水滴到了地板上。

好噁心。

莫刑拚了命地咳嗽起來，想要甩掉口腔裡那討厭的男人味道，眼底積蓄的淚水跟著一顆顆滑落，滴在地面化作一個個的圓。

「嗚……噁……」莫刑嗚咽著，像一頭狼狽的受傷動物。

江坤寒重新穿好自己的褲子，對著莫刑說：「你髒死了，去漱口。」

「我想回家。」莫刑掩住臉，他聽見四周響起了人群的笑聲，那是幻覺，卻幾乎令他崩潰。

「隨便，既然清醒了，你要滾就滾吧。今天的事情就當沒發生過，懂嗎？不然我追殺到天涯海角，也會把你給找出來碎屍萬段。」江坤寒拿起手機，得知莫刑的住址後，就故作不在乎地替莫刑叫了計程車。

莫刑點點頭，摀住自己的嘴，奮力地壓抑從胃部不斷湧上的噁心感。他在計程車來之前便逃也似地離開了屋子，半秒也不想繼續待在裡面。

目送莫刑離去的背影，江坤寒坐回沙發上，抱著自己的頭咒罵了一句：「該死的。」

他不明白自己是怎麼回事，他原本壓根沒想過要強迫莫刑為他口交——對方可是個男人，他從未對男人有過慾望。

然而目睹莫刑自慰的瞬間，無數深鎖內心的漆黑慾望驀地一湧而出，興奮感凌駕了其他的一切，莫刑的神情和姿態就如猛烈盛放的罌粟花，讓他一試癲狂。

他撐著頭，忽然有些罪惡感，而他很少感受到罪惡感。

隨便吧，反正這輩子他應該也不會再見到莫刑了。

電視依舊開著，旅遊頻道正在介紹莫札特的故鄉薩爾茲堡，美麗的風景搭配上優美的古典音樂，賞心悅目。

江坤寒呆呆盯著電視，過了許久才發現那首配樂是莫札特的《安魂曲》。

他們誰也沒想到，半年後，他們會在同一間公司中相遇。

再次遇見江坤寒後，莫刑無故曠職了兩天。聽說如果莫刑再不出現，他就會直接被資遣。

江坤寒猜測莫刑是在逃避自己，他一開始不太在乎，後來卻越想越介意。於是下班後，他去超市買了一條魚還有蔥薑蒜，接著叫了一臺計程車直奔莫刑家。

莫刑家位在一條漆黑的陋巷當中。

江坤寒環顧左右兩側閃動著的路燈，他的影子被拉長，像跟隨在身後的漆黑怪物。他抬起頭，深棕色的髮絲在夜風中微微飄動，天上一顆星星也沒有，只有昏暗的月光在地面凝上一層淡淡的慘白。

他打量面前的屋子，周圍的柵欄不高，他一翻身就可以越過。鐵門鏽蝕了大半，門上貼著一堆房屋仲介的傳單，沒人去撕掉，門縫也塞滿了帳單，彷彿已經很久沒住人了一樣。

確認門牌號碼正確後，江坤寒按下門鈴，但按下去的瞬間，他就發現門鈴也壞了。

無奈之下，他抬手拍門，一邊拍一邊朝屋內大喊：「莫刑！你在嗎！」

沒多久，門的另一側傳出些許聲響，而後鐵門伴隨著尖銳的吱嘎聲在江坤寒眼前打開。

在莫刑反應過來之前，江坤寒率先撞開了門，踏進屋子裡頭——他怕莫刑把他鎖在門外，所以才先下手爲強闖了進去。

跟著被撞開的莫刑跌坐在地，茫然地盯著江坤寒，他以爲自己看錯了。迷蝶的後勁使他的目光無法聚焦，在他眼中，江坤寒的身影蠕動著，就像一尊由許許多多的蛇組成的巨大雕像。

莫刑咬住自己的衣袖，過了半晌才認出來者是江坤寒。恐懼頓時席捲了他全身上下的每個細胞，他手忙腳亂往後爬，還撞上了一張矮凳，整個人狼狽至極。

「喂，喂！」江坤寒舉起雙手作勢投降，「別怕，我只是來看你而已。我不會逼你做其他事情的。」

「不要……滾開……」莫刑躲回角落，那邊散落著大量菸蒂，全是吸食迷蝶所殘留的痕跡。

江坤寒皺著眉嗅了下空氣，咳了兩聲，不滿地說：「空氣眞糟，你這幾天都關在這裡吸毒嗎？天啊。」

他走到窗戶邊，嫌棄地將那扇沾滿灰塵的窗推開。沁涼的風吹入房內，稍微沖淡了迷蝶的氣味，莫刑卻害怕地喊叫起來：「關上！快關上！」

「關上幹麼?讓你在這裡面嗑藥嗑到掛嗎?」江坤寒挑了下眉，返回莫刑身旁，將人從地板上拽起扯到窗邊，「你待在這裡吹點冷風，我借一下廚房。」

「廚房……」莫刑呆呆重複，他的腦袋混沌得幾乎無法思考。半晌後他才回過神來，想起江坤寒企圖勒死貓時的凶惡神情，於是轉身焦急地前往廚房。

江坤寒佇立在流理臺邊輕輕哼歌，一旁的瓦斯爐放著一鍋正在燒的熱水。莫刑靠著門框，害怕地問江坤寒：「你在做什麼?」

「煮魚湯。」江坤寒頭也不回地應，「你到底還想不想要工作?再不來公司你就完了，人資說要直接資遣你。」

聽到公司的事，莫刑頓時有些頭暈目眩，他瞧見江坤寒的皮膚一吋一吋地裂開，底下流出濃稠的漆黑液體。

這一刻，莫刑更加恐懼了。

說不定江坤寒是後悔了放走他，所以打算來殺掉他。思及此，莫刑從架上抽出一把水果刀，急促地喘著氣，慢慢逼近江坤寒身後。

聽見金屬碰撞的聲響，江坤寒轉過身，目光正好跟莫刑對上。他瞥了眼莫刑手中的刀，笑問：「你想殺我嗎？」

莫刑沒有回答，他只是站在原地，用刀尖指著江坤寒。

江坤寒聳了聳肩，將自己拿來切魚的菜刀放下，舉起雙手，「來吧，試試看殺我。」

在昏暗的燈光下，莫刑的五感變得異常敏銳，他聞到淡淡的魚腥味，他看見江坤寒臉上的微笑，以及那自信的表情。

莫刑忽然發現自己是贏不了江坤寒的，他不是個可以殺人的人，他早該知道這一點。

莫刑放下刀，喪氣地垂著頭，油膩雜亂的黑髮掩住了他的神情。

江坤寒扯出一個笑，他似乎猜出了莫刑在想什麼，淡淡地說：「我想也是。」

莫刑伸手抱住自己，緩緩地蹲坐到廚房的地板上，扯著自己的髮絲悲鳴，「爲什麼？爲什麼？你到底想要什麼？我沒有東西可以給你。」

江坤寒憐憫地瞧了莫刑一眼，語氣冷靜，「起來，髒死了，你先去沖洗一下。」

這麼冷靜的江坤寒讓莫刑感到極不眞實，沒有威脅，沒有憤怒，現在江坤寒甚至像是在關心他。

他試圖理出江坤寒行動的規則，卻怎麼樣也捉摸不了這個人，頓時不確定該怎麼辦才好。他抱著自己的身軀在廚房門邊徘徊，被江坤寒嫌礙事吼了一聲後，才嚇得出去了。

仔細想想，自己確實也幾天沒洗澡了。莫刑默默拿了衣服，走進浴室清洗。由於迷蝶的關係，他的意識還不太清晰，蓮蓬頭拿在手中化爲一條純白的蛇，嚇得他將蓮蓬頭給扔了出去。他的頭有點暈，必須一直扶著牆壁，否則恐怕就要整個人軟倒下去。

他根本不記得自己是怎麼洗完的，再次回過神時，他已經整個人縮在客廳的木椅上，髮梢還滴著水。

客廳的燈管也壞了，不過窗外正好有一盞黯淡的路燈，他就倚賴著那路燈的微弱光源環顧四周。

沒多久，江坤寒從廚房出來，他將魚湯放到桌上，又在兩邊擺上兩個碗。

莫刑警戒地注視那鍋正冒著熱氣的魚湯，然後轉頭望向打算開燈的江坤寒，一雙烏黑的眼眸睜得老大。

發現客廳的燈也開不了後，江坤寒無奈地說：「你家怎麼東西都是壞的？」

莫刑沒回答，他吞了口口水，緊盯著魚湯。

那香氣吸引著他，這兩天他幾乎沒有吃任何食物，只有迷蝶陪伴他度過每個清醒或不清醒的時刻。

可是他很怕，怕江坤寒想要害他，或許江坤寒在湯裡加了些什麼，意圖殺死他也說不定。

注意到莫刑面露驚恐，江坤寒沒好氣地說：「我先喝，證明這鍋湯沒問題。」他各舀了一勺湯裝入兩個碗中，隨後將兩邊的湯都一飲而盡。

「看，沒事。」江坤寒指著自己淡淡道，「這樣你相信了嗎？願意喝湯了嗎？我今天是來找你談事情的，把你的被害妄想給收起來。」

莫刑再次嚥了口口水，接著很輕地點了下頭。

江坤寒將碗遞到莫刑面前，見對方接過魚湯後心急地喝了一口，卻似乎不太喜歡，整張臉皺了起來。

「你討厭這個味道？」江坤寒自己也再嚐了一口，不解地問：「難道你不吃魚？」

「好……苦。」莫刑小聲說，但他實在太餓了，因此還是多喝了幾口。

「那是你的味覺被迷蝶破壞掉了，吃東西才都會帶著苦味。」江坤寒嘆了口氣，捧著自己的碗，「你真的該戒毒了，再這樣下去的話你會死，我沒在開玩笑。」

「……你要做什麼？」莫刑沒有接江坤寒的話，他低垂著頭，髮上的水珠滴到了湯裡面。

「我跟你說過了，那天的事我們就當沒發生過。暗網上的江坤寒和現實中的江坤寒是不同人，請你記住這一點。」江坤寒一攤手，狀似誠懇，「當時對你那麼做，我很抱歉，不過以後不會了，所以你不必為此放棄工作，也沒必要繼續對我抱持畏懼，我是認眞地在跟你說。」

「嗯。」莫刑又低頭喝了一口湯，微微的苦味在他的口中擴散。

他簡直不敢相信一個人可以轉變得這麼大，從殘暴冷血變成溫和無害，彷彿只需要一瞬間。

江坤寒偏著頭，聲音依舊平靜，「我們恐怕必須重新認識一下彼此，用我原本的身分認識你。明天下班要去一起吃點東西嗎？我請客。」

莫刑倏地抬起頭，他幾乎不敢相信自己聽見了什麼。

「你那是什麼表情？我的意思是，也許我們可以當朋友。」江坤寒看著莫刑圓睜的眼，忍不住笑了。

朋友？

這兩個字有如重磅炸彈一般，在莫刑的腦中炸開。

不可否認，其實莫刑一直渴望著一個朋友。

他活得十分抽離，像是跟外界隔著一層薄膜，他無法進入別人的世界，也沒有人可以過來他這裡。

他這才想起自己始終渴求著能跟這個世界有更多連結，他孤獨慣了，都快忘記與他人談笑該是什麼感覺，但他記得自己懷念那樣的感覺。

然而這份邀請居然是由江坤寒發出的，莫刑不禁躊躇起來。他沒忘記這個人曾在他面前大聲咆哮，抓著桶子，要他幫忙殺死那隻貓。

注意到莫刑的視線又開始飄移，江坤寒嘆了口氣。

「算了，你不用立刻回答我。」他站起身，「明天我再問你吧，你該來上班了，再不來就要被資遣了。」

莫刑沉默著沒回應，於是江坤寒聳聳肩，「那我走了，魚湯就留在這，你多喝點。」

「魚湯……不不不，你快拿走。」莫刑忽然扯住江坤寒的衣襬，害怕地說：「拜託，魚湯你不能留在這，求求你拿走吧，別讓我媽知道有人來過。」

江坤寒一挑眉，懷疑地問：「你媽不喜歡魚嗎？」

「求求你帶走。」莫刑再度露出受傷動物般倉皇的神情，江坤寒心底有些癢癢的，他無法形容那是怎樣的一種感受。

對視了幾秒後，江坤寒第一次讓步了。他傾身端起鍋子，開了個玩笑：「那我必須抱著這鍋湯坐計程車回家了，司機肯定會覺得我很奇怪。」

江坤寒這麼好說話，令莫刑再度驚呆了。他把手放在嘴唇前，焦慮使他又開始無意識地咬自己的手指和手腕。

「別咬了，都是牙印。」江坤寒走過去扯住莫刑的手，隨後叮囑：「今晚別再吸迷蝶了。」

莫刑抬頭注視站在面前的江坤寒，窗外透進的微光替江坤寒勾勒出一層銀白，那染成深棕的髮絲整齊地梳向一側，他甚至從江坤寒同樣是深棕色的清澈眸底見到了自己的倒影。

這一刻，莫刑忽然覺得江坤寒非常光鮮亮麗，跟那天遇見的殘暴男人完全不是同一人。

過了半晌，莫刑才低低應了聲：「嗯。」

「那就好。」江坤寒淡色的薄唇抿起一笑，他向莫刑伸出手，補了一句：「我叫江坤寒，很高興認識你。」

似乎是眞的打算重新認識，江坤寒等著莫刑的回覆。

莫刑覺得自己大概是中了魔咒，他竟跟著伸出手，握住了江坤寒的手，小聲回應：「我叫做莫刑。」

眼前的江坤寒就像個普通人，甚至像是一個好人。

第二章　樂園

當莫刑重新出現在辦公室時，感受到的是厭惡多於歡迎。雖然也有人來關心他這幾天去哪裡了，但他明白大部分的同事並不眞的想了解，只是例行性的關心罷了。

他很對不起這幾天被迫幫他處理業務的同事，可因爲害怕，他不敢去道歉，只能坐在座位上獨自焦慮著，又開始默默拔起自己毛躁的頭髮。

看著散落在四周的髮絲，莫刑只覺得自己眞噁心。

他安靜地處理著一些簡單的行政工作，終於熬到了下班時間。他不想和其他人在電梯裡碰上，所以通常會多留一陣子，避開人群。

就在他等待人潮散去時，江坤寒忽然就這麼出現，靠在他的隔板上問：「要跟我一起吃晚餐嗎？」

此話一出，莫刑馬上感受到從四面八方聚集過來的目光，造成了無形的壓力。他知道這是爲什麼，江坤寒外向大方，在公司裡面形象挺好的，而他則畏縮陰沉，他們看起來根本不像同個世界的人。

莫刑忽然有種奇怪的優越感，彷彿江坤寒的邀約讓他不再那麼卑微了一樣。他爲此感到可恥，又無法否認自己的驚喜。

莫刑躊躇著，他沒有立刻答應江坤寒的邀請，因爲他的心中仍有點疙瘩。

江坤寒敲了敲隔板，笑著問：「難道你想回家嗎？」

莫刑的心跳頓時漏了一拍。

他並不想回家，江坤寒也清楚這一點。

莫刑昨晚的狼狽顯而易見，他家是個毒窟，而且他還對自己的母親抱持著極度的恐懼。

明明恐懼，卻沒有逃離，江坤寒對於這點萬分不解。也許是莫刑不知不覺成了一隻被圈養的動物，根本忘記了自己還有逃走的權利。

隔著隔板，江坤寒打量著莫刑的側臉。

他覺得莫刑其實並不難看，只是有點髒亂，整個人散發出一種不在乎自己的自毀氣質，瘦得不太健康，手腕細到宛如可以輕易被捏碎，眼神總是迷離著，眼周還帶著黑眼圈。

就算莫刑是個生活無法自理的毒蟲，江坤寒卻意外地不討厭莫刑。他想破壞很多事物，甚至有種讓世界分崩離析的衝動，但面對莫刑時不太一樣，他偶爾居然會產生想要拯救莫刑的念頭。

江坤寒記起那天莫刑來到他家中，害怕地縮在他的沙發邊。莫刑流露出受傷的表情時竟令他有些自責，那是他少有的情緒，他甚至希望莫刑可以好起來。

他不明白自己爲什麼會如此，或許是莫刑使他想起了過去虧欠的人，或許只是莫刑看上去太慘了，喚醒了他僅有的良知。

無論如何，他怎麼樣也料不到自己有天會站在莫刑面前，問對方要不要一起去吃飯，還擔心被拒絕。

而莫刑猶豫了許久，最後才小聲地說：「可、可以……不去餐廳嗎？人太多了。」

江坤寒愣了一下，接著爽快地答應下來，「好。」

「你的品味可以不要這麼奇怪嗎？」坐在公園的鞦韆上，江坤寒無奈地捧著一盒炒麵。

因爲莫刑討厭人多的地方，所以他們的晚餐變成在公園的兒童遊樂場裡面，端著餐盒寒酸地吃飯。

莫刑並不介意，他喜歡在公園中吃飯，在這樣空曠的空間，他不會引起任何人的注意。

江坤寒輕嘆一聲，不遠處有幾個孩子奔跑嬉鬧著，發出陣陣笑聲。

時間已是傍晚，江坤寒抬頭注視著晝夜逐漸交錯，天上同時掛著緩緩沉下的夕陽，和剛剛升起的彎月。

江坤寒無聊地攪著自己手上的炒麵，這麵太油了，他看了都有點吃不下。

「我小時候還挺常去公園的，跟朋友一起玩彈珠，玩得一身泥才回家。」江坤寒突然有感而發，說完，他笑著問莫刑：「你小時候都玩什麼？」

回憶頓時湧了上來，使莫刑有些不舒服。

他年少的時候，幾乎每個晚上都在黑暗當中淒厲地喊叫。

他母親有酗酒的習慣，一喝醉就情緒暴躁，常常把他關在漆黑的房間裡，拳頭暴力地落在他身上，留下一道道青紫的痕跡。

爲什麼要這樣對我？

這樣的折磨日復一日，絕望爬上莫刑的後背，漸漸吞噬了他。他看見自己的胸口破了個大洞，源源不絕的黑色液體從裡頭流出，像是從沒停過的淚。他變得神經質又脆弱，隨時都處在崩潰的邊緣。

他想起也是那個時候，母親給了他一根迷蝶，告訴他這是讓他不再哭泣的解藥。

莫刑呆呆盯著手中的食物，將所有回憶濃縮成一句話：「沒有玩什麼。」

江坤寒這才發現莫刑的手臂上有幾道刀傷，以傷口的狀態來看已經有一陣子了。他沒去探究，只是放下手中的炒麵，站起身來，「你還想吃嗎？」

莫刑搖搖頭，學著江坤寒放下炒麵。他想起身，卻被江坤寒按回原位。

「別動，你繼續坐在鞦韆上。」

江坤寒繞到莫刑身後，伸手替莫刑推起鞦韆。

一開始只離開地面一點點，之後越盪越高，風拍在莫刑的臉上，令他的髮絲飄揚著。他閉上眼，感覺自己宛如正在飛翔。

莫刑覺得自己的家是座牢籠，而他被困在其中。但在這小小公園的鞦韆上，他久違地感受到了自由。

江坤寒是認眞想跟他做朋友。

當莫刑意識到這件事情時，他只覺可笑到不行。

或許是爲了彌補他，或許僅是想要關心他，不管是哪種情況，莫刑都感到十分詭異。

江坤寒開始每天上班時會多買一杯咖啡，拿去給莫刑。

莫刑的味覺被毒品破壞得差不多了，咖啡的苦味被無限放大，使他難以忍受，因此他每次都偷偷倒掉。江坤寒沒多久就發現了這點，於是貼心地改送比較清淡的果汁。

莫刑很驚訝自己並沒有逃走。

他沒有對著江坤寒大吼，要這個曾經迫害他的傢伙離開。

他絕望地發現，這是因爲他太想要跟別人建立一段正常的朋友關係了，而在這個世界上，恐怕只有江坤寒還願意對他釋出善意，他甚至對江坤寒抱著一種奇異的感激。

中午時分，江坤寒又繞到了莫刑的辦公桌邊，把果汁放在桌上，「你知道嗎？市中心的遊樂園開了。」

「嗯。」莫刑抬起烏黑的眼，應了一聲。

「不覺得遊樂園挺讓人懷念的嗎？我小時候很常去，幾乎每個週末都去……」江坤寒滔滔不絕地講起自己的回憶，眉飛色舞的。

莫刑聽完只隨口說了一句：「我沒去過，遊樂園。」

「什麼？你在開玩笑吧？」江坤寒訝異地瞪著他，似乎眞的不相信，「一次也沒有？畢業旅行呢？」

「我不去畢旅的。」莫刑不太自在地攪扭著雙手。

他在班上一直是被排擠的人，他的陰沉和畏縮在他與同學之間築起了一道高牆。雖然他極度渴望被接納，卻總是不知道該怎麼做才好。

畢業旅行對他而言是一種負擔，他不想毀了別人的旅行回憶，也不想令自己難堪，所以乾脆就不去了。再說，他也沒錢。

江坤寒抬手扶額，重重嘆了一口氣，搖著頭說：「我真不敢相信。」

「嗯。」

莫刑尷尬地低下頭，他以爲對話會就這麼中斷，沒想到江坤寒的聲音又傳來：「要去嗎？」

「去……哪？」莫刑茫然地問。

「新開的遊樂園啊，你要跟我一起去嗎？」江坤寒趴在辦公桌的隔板上，認真地問，「反正我想去看看，你也沒去過。」

「你……」莫刑結巴著，一時說不出話來。

他其實有點驚喜，這是第一次有人主動邀他去遊樂園。可他同時又很害怕，他從沒跟其他人出去玩過，不清楚是怎樣的感覺。

「怎麼了？你在猶豫什麼？沒去過的地方當然要去去看啊。」江坤寒挑起眉，滿臉不解。

緊張讓莫刑的腦袋陷入了混亂，他明白江坤寒沒有逼問他的意思，但他的呼吸不自覺地急促起來，江坤寒的臉變得有些模糊，奇異的彩色光點在他眼前閃爍。

「我沒錢……」憋了半天，莫刑只能難爲情地吐出這句話。

「那我幫你出門票錢，吃飯也請你吧，沒關係，反正不貴。」江坤寒爽快地說。

莫刑躊躇著，然而他想不到其他拒絕的理由了，且內心躁動的渴望也在驅使著他。

最後，莫刑答應了下來。

天氣很好，天空藍得一片雲也沒有，炙熱的高溫彷彿要將人蒸發。

柏油路面灑滿金色陽光，蟬鳴如海浪般席捲而來，莫刑佇立在售票亭前方，不安地拉扯著自己的一撮髮絲。

他已經開始後悔了。

兩個不怎麼熟的大男人約好一起去遊樂園，怎麼看都太奇怪了。

他想要逃走，但僅存的理智阻止了他。莫刑扯下了幾根髮絲，捏在手中摸著，之後又把手指放進嘴裡啃咬，這是他焦慮時的標準動作。

爲了不讓自己嗑茫，莫刑忍了一整個早上都沒碰迷蝶，不過這反而加劇了他的焦慮程度。

江坤寒在一段距離之外就看見了在咬自己手背的莫刑，他無奈地走過去扯住莫刑的手，不讓對方繼續咬，隨後把笑容堆上臉，「你來得眞早，我們進去吧。」

莫刑被突然出現的江坤寒嚇得一顫，略顯難爲情。他點了點頭，隨著江坤寒進入遊樂園。

遊樂園給莫刑的第一印象是好吵。

周圍全是尖叫聲和遊樂設施巨大的運轉聲，莫刑皺著眉，抬頭便瞧見正垂直俯衝的雲霄飛車。

莫刑忽地感覺人類是一種十分怪異的生物，總是在尋找能夠延長自身壽命的方法，卻又不介意體驗幾回瀕死的感受。

江坤寒步伐輕快，愉快地問：「你要先玩哪個設施？3D的嗎？」

「嗯。」雖然不太懂對方在說什麼，莫刑依然短促地附和了一聲。

「你別這麼緊張，我們是出來玩的，記得嗎？」江坤寒輕笑，邁步往3D雲霄飛車的排隊處走去。

氣溫很高，隊伍排得又長，排隊中的人們個個顯得心浮氣躁。

莫刑等著等著有點累了，他摸摸自己的背包，發現忘了帶水。他茫然地看向正盯著手機的江坤寒，侷促地說：「我忘記帶水了，我去買一下。」

「你喝我的吧。」江坤寒把手中拿著的礦泉水遞給他。

江坤寒今天穿了一件白色T恤，上頭有著潑墨般的黑色印記，搭配一條膝蓋處破洞的牛仔褲。鴨舌帽在他的面龐留下深色陰影，卻沒遮住他臉上的笑。

莫刑頓了頓，伸手接過水。

他的腦袋有些混亂，夾雜著不安和開心，他莫名覺得江坤對自己很好。或許是他的標準太低了，可是這種善意他已經許久沒體會過，即使只有一點點也讓他欣喜。

擰開瓶蓋時，後方的人冷不防撞了他一下，莫刑手一晃，整瓶水摔在地上，透明的液體在地面四處流淌。

後方的人用力嘖了一聲，對著莫刑罵道：「白痴，你搞什麼！水都濺到我的鞋子上了！你知道這一雙多少嗎！」

「啊……啊……對不起。」莫刑嚇呆了。他蹲下身子，趕緊撿起了水瓶，恐懼令他呼吸困難，對方說的話在腦中無限放大，逼得他近乎窒息。

江坤寒皺起眉，沉聲反駁：「喂，是你去撞他的，應該請你先道歉才對。」

蹲在地上的莫刑仰起頭，他想感謝江坤寒，卻見到江坤寒的臉模模糊糊的，一些不規則的血色三角形出現在江坤寒臉上。

他摀住嘴，全身劇烈顫抖，腳軟得幾乎無法站起。

江坤寒低下頭，看見莫刑的模樣後，立刻明白了情況。

毒癮犯了，該死的，他都忘了這件事！

無視那名路人還在叫囂，江坤寒抓著莫刑的手，把臉色蒼白的莫刑掛到了自己身上。

「不好意思，不好意思，請讓一下。」江坤寒承受著莫刑的重量，從隊伍裡鑽了出去，內心萬分遺憾。

都已經排一個多小時了，居然在這個時候給他犯毒癮！

五分鐘後，江坤寒扯著莫刑，把他帶到一棵樹下的陰涼處，讓他靠在長椅上，自己則坐在莫刑旁邊，壓制住他的抽搐和乾嘔。

莫刑感覺整個世界都在旋轉，他的喉嚨很乾，而且像是被掐住了似的，目光也無法對焦，顯然從早上開始就沒再碰迷蝶是個極度錯誤的決定。

他不清楚自己發作了多久，或許是十分鐘，但因爲過度的痛苦，他覺得彷彿被折磨了十小時。

當毒癮終於過去，莫刑早已徹底虛脫，並且渾身都是冷汗。在他身旁的江坤寒也是精疲力竭，手臂上還有被莫刑抓出的一道傷痕。

江坤寒撿起落在地上的鴨舌帽拍了拍，將上面的灰塵給拍掉，用開玩笑的語氣說：「你的力氣還眞不小，這下我要怎麼跟其他同事交代這道抓傷？嗯？說是有隻很凶的貓抓的嗎？」

「對不起……」莫刑低下頭，想把自己給藏起來，垂頭喪氣的模樣使他整個人看起來宛如小了一圈。

「你不可以再使用迷蝶了，你會死的，眞的。」江坤寒拍了拍莫刑的肩，認眞地說，「我可以定期載你去勒戒所治療，或是你可以乾脆來我家，我有其他方法能夠治好你。」

「不……了……」莫刑艱難地拒絕。

「你這樣上班怎麼辦？如果在上班中出現戒斷症狀怎麼辦？嗯？」

「我會出去外面……」

「你的意思是，你上班時其實出現過戒斷症狀嗎？莫刑！你太誇張了！」

「對不起，我、我在試著戒毒了。」莫刑焦慮地把手放到嘴巴前，江坤寒意識到他又要咬指甲，於是伸手阻止。

「好吧，但我是很嚴肅地告訴你，不可以再用迷蝶了。」江坤寒站起身，無奈地詢問莫刑：「下個設施你要玩哪個？」

莫刑猶豫了一下，扯扯他的衣角，指向斜前方的一個遊樂設施，表情有點不安，或許是害怕江坤寒嘲笑他的選擇。

那是個類似盪鞦韆的設施，多人坐在大型鞦韆上，當整個設施旋轉起來時，遊客就會因離心力而騰空。

「你想玩那個？」江坤寒挑了挑眉。

莫刑用力地點頭。

「好啊，沒問題。」江坤寒微笑，拿出地圖瞧了一眼，那個設施的名稱叫做「開心飛碟」。

看來這個遊樂園的取名品味非常有待改進。

江坤寒不由得在心底吐槽。

由於開心飛碟是個比較老舊的設施，且刺激度也不是很夠，因此排隊的人龍不算長，不到半小時就輪到他們兩人了。

莫刑興奮地繫上安全帶，當設施啟動時，風朝他迎面撲來，他看見自己離地面越來越遠，好似正在飛翔一樣。

他想起了前幾天在公園裡坐的那個鞦韆，高高盪起的鞦韆令他感受到自由。莫刑打開雙手，覺得自己快要跌下去了。

他深吸了一口氣，這是自由的氣息。

五分鐘的搭乘時間很快結束，莫刑跑回江坤寒身邊，他的頭髮被吹亂了，看起來相當開心。

回頭瞧了一眼開心飛碟，莫刑猶豫地小聲問：「我可以多搭幾次嗎？」

「當然可以。」江坤寒笑著回答，「你上去吧，我在下面等你。」

莫刑興奮地奔去再排了一次，彷若一個天真無邪的孩子。

江坤寒隨意在花圃邊坐下，開啟手機的社交軟體瀏覽起來。他的手指在螢幕滑動了幾下，之後抬起頭，在人群當中尋找莫刑。他遠遠地瞧見莫刑走向淺藍色的座椅坐下，不久隨著設施的啟動騰空而起。

江坤寒打開相機，拉近焦距，拍了一張莫刑的照片。但遊樂設施的速度太快，他拍到的只有殘影，他甚至不太確定自己究竟有沒有拍到對方。

莫刑又去排了好幾次隊，由於距離太遠，江坤寒看不見莫刑臉上的表情，不過他總覺得莫刑正開心地笑著，那是一種解脫似的無憂笑容。

江坤寒收起手機，他想要給莫刑一個紀念品，於是向附近的小販買了一顆海豚造型的氣球。

數輪過後，莫刑終於玩夠了，他從遊樂設施上走下來，一時之間找不到江坤寒。四周喧鬧著的人群是那麼陌生，他頓時有點慌，左顧右盼地試圖在陌生人之中找到那個相對熟悉的身影。

「江坤寒？」莫刑的聲音顫抖著，他這才意識到自己花了許多時間在同個遊樂設施上，他忽然很害怕，說不定江坤寒等不下去，所以逕自走掉了。

見那個瘦弱的身影在遊樂園中茫然走動，江坤寒不禁莞爾。他躡手躡腳地來到莫刑身後，對著莫刑幼稚地大喊：「哇！」

莫刑嚇得渾身一震，他整個人縮起來，慢慢回過身去，在看見江坤寒的那刻放鬆了下來。

「你去哪了？」莫刑放下正在撥號的手機，第一次這麼慶幸能見到江坤寒。

「看不出來嗎？我去買紀念品了。」江坤寒將氣球塞進莫刑手中，「給你的。」

莫刑茫然地注視著那顆氣球，腦海裡浮現了「禮物」兩字。這是一個他很陌生的詞彙，畢竟他這一生當中收到禮物的次數屈指可數。

不知不覺間，太陽緩緩西斜，燥熱了一整天的氣溫終於稍稍冷卻。天空是橙色的，琥珀色的陽光在莫刑的身上灑下橘紅的痕跡。

他睜大了眼，用有些沙啞的細小聲音向江坤寒說：「謝謝你。」

「別跟我說你這是第一次拿到氣球。」江坤寒一攤手。

「嗯，對。」莫刑垂下頭，掂了掂手中那一小塊金屬，「他們在氣球的繩子底下綁了一塊鐵。」

「這樣氣球就不會飛離你的身旁了。」江坤寒拍了一下莫刑的肩，嗓音格外溫柔，「我們回去吧。」

第三章　求救

黃昏轉瞬即逝，夜色很快覆蓋了整個世界。

江坤寒開車將莫刑送到了家門口，莫刑抓著氣球，呆呆地盯著那棟自己住了一輩子的屋子。

裡頭滿滿都是不好的回憶，他的思緒又開始混亂，恐懼使他瑟縮了起來。

他踩上臺階，掏出鑰匙，拉門進入，心中祈禱著自己的母親不要在屋裡。

可惜事與願違，他一進入客廳，就看見母親和一名中年男子坐在沙發上吸食迷蝶，煙霧讓整間客廳伸手不見五指。

莫刑小心翼翼地想繞過兩人，卻在慌亂間踢到了散落在地的酒瓶，發出一聲清脆的碰撞聲。

原本頹坐在沙發上的母親頓時爬起身，對著他大吼：「莫刑！」

莫刑拔腿要跑，中年男子卻撲了過來，將他按倒在地。這一撲令氣球的繩子斷了，海豚氣球在迷濛的煙霧中往上飄，最終撞上了天花板，被困住了。

他掙扎著、尖叫著，他聞到了男人身上的陌生氣味，他感覺到對方壓在他身上的可怕重量，還有每一次呼吸吐出的熱氣。

隨後，尖銳的刺痛襲來，他的手臂被母親抓住，重重地扎了一針。

莫刑不知道那是什麼，他慢慢地無法動彈，身子整個軟了下去。他很害怕，非常害怕，他還醒著卻動不了，靈魂被困在了自己麻木的身體裡。莫刑有如一隻被丟上岸的魚，只能扭動身軀不停開合著嘴，痛苦地喘息。

他的身體被翻過來，陌生男人粗暴地將他的襯衫扒開，他母親則是漠不關心地返回了沙發上，再度拿起一根迷蝶。

莫刑將目光投向天花板，努力不去在乎那股將自己雙腿分開的蠻力，不去想那每次碰觸都讓他戰慄的噁心感，不去感受對方沒經過潤滑就插入所帶來的疼痛有多麼難忍，簡直要將他整個人撕裂。

他睜著眼、咬著牙，盯著天花板角落的那隻海豚。

他想起了江坤寒，今天發生的種種從眼前掠過，陽光下的歡笑，迅速旋轉的遊樂設施，以及開懷大笑的自己。

莫刑的視線逐漸模糊，海豚氣球在他眼底化成一團淺藍色的影子，他閉上眼，一滴溫熱的液體從眼角滑落，好似在爲自己哀悼。

他躺在地上，直到男人凌虐完他的身子也沒有起來。藥效已經退了，他能夠活動了，可他還是顫抖著躺在那裡，一動也不動地盯著天花板。

母親繞了過來，踢了他一下，「起來，精液都流到地上了。」

莫刑依舊沒動，他注視著蒼白的天花板，過了一會才沙啞地吐出一句：「爲什麼？」

「什麼爲什麼？我也需要錢啊。」

「我有在工作……」莫刑囁嚅著，他縮起身子，感到絕望在自己身上遊走，讓他幾乎就要窒息。

「不夠，不夠我買酒，也不夠我買迷蝶。」

莫刑深吸一口氣，害怕地說：「我要離開這裡。」

「哦？怎麼離開？有本事你倒是試試看啊？」他母親又抽了一口菸，靠著牆說：「去啊，逃啊，帶著你的毒癮，我看你這次能逃多久？你前幾份工作也沒做多久就被趕走了，這份八成也是吧。我告訴你，我是唯一會關心你死活的人了，勸你想清楚點！」

莫刑抬手摀著臉，忍不住低低嗚咽。

「這就對了，你這個廢物。」母親的嘴角勾起淺笑，她把沒捻熄的迷蝶往地上一扔，之後就離開了客廳。

看見還剩下一點的迷蝶，莫刑宛如被蠱惑了一般，伸出手夾住那根菸捲塞進口中。他大口汲取吸食迷蝶的快感，試圖將一切都忘掉。

總是這樣的，在迷離的煙霧當中，他的大腦漸漸被迷蝶給麻痺，放棄了反抗的念頭。

莫刑咬著自己的指甲，驀地又想起了江坤寒。江坤寒扯住他的手，要他別再繼續咬指甲，還把他背到了長椅上，提醒他該戒毒了。

他忽然意識到自己真的需要幫助。

莫刑勉強撐起身，將後背包拉到面前，從裡面翻出電量快要見底的手機。

螢幕上有一條訊息提示，是江坤寒傳來的，內容寫著：「我到家了，報平安。」

莫刑猶豫了一會，顫抖著手回覆：「我可以到你家住一陣子嗎？」

江坤寒似乎正好在用手機，回應很快跳了出來：「怎麼了？」

莫刑思考著該怎麼回答，他輸入了「救我」，卻遲疑著沒送出。

母親的腳步聲從身後接近，躊躇中的他沒有聽見。

下一刻，莫刑癱軟的身軀又被扎了一針，他嚇得倒抽一口氣，意識迅速地開始朦朧。

不是吧？這是上天在跟他開玩笑嗎？

視野瞬間天旋地轉，莫刑努力支撐著身體，手機螢幕上不斷閃動著「救我」兩字，他試圖按下送出。

然而他並未成功，他的手機電量耗盡，螢幕在他眼前徹底轉黑。

莫刑絕望地閉上雙眼，身子一歪，軟倒在地。手機落在離他不遠處的前方，螢幕碎裂。

「救我」兩個字，就這樣被永遠困在了對話框當中。

老闆一走出去，江坤寒就重重嘆了一口氣，往後一靠。

誰知道今天總公司的大老闆會突然過來，搞得大家人心惶惶的，連偷開社交軟體都不敢。

江坤寒離開辦公室，買了一杯咖啡和一杯果汁，打算順便去找莫刑。

昨天莫刑傳訊息說想到他家住一陣子，之後卻就沒消息了，這讓江坤寒不禁有了不好的預感，決定必須去看看莫刑。

說不定莫刑是因爲迷蝶吸食過量的關係失去意識了。江坤寒無奈地心想。

然而當江坤寒走近莫刑的座位時，那個消瘦單薄的身影並沒有待在位子上。他聳聳肩，以爲莫刑暫時出去了，所以將果汁放在莫刑的桌上，盤算著等一下再來找人。

坐在莫刑隔壁的女同事抬起頭，眨了眨戴著角膜變色片的淡棕色眼眸，伸出手阻止江坤寒的動作，提醒了一句：「莫刑今天沒來喔。」

「沒來？」這下江坤寒忍不住擰起眉。

「對啊，不過他沒請假，人資部的姊姊打電話給他也不接，挺讓人困擾的。」女同事嘟起粉嫩的小嘴，不滿地抱怨，「他好像不是第一次這樣了，人資姊姊很不高興呢。」

江坤寒看著這名與自己年齡相仿、面容姣好的女孩，再度皺眉。

江坤寒並不討厭像她這種美麗可人的女性，但他也不希望對方跟他太過親近。她看起來就如嬌貴的玫瑰，在萬千寵愛當中成長。她很年輕、很有活力，注重外表，皮膚白皙且身材纖瘦，妝容精緻，髮絲柔軟，眼神無辜，身上帶著淡淡的香氣，絕對是大多數男性會喜歡的類型。

江坤寒喜歡漂亮的女孩子，然而他有著不可告人的嗜好，前女友險些揭發他虐待動物一事，這使得他至今都還不太想投入新的一段戀情。

盯著手中的果汁，江坤寒忽然有些想念莫刑蜷縮在座位上的陰鬱身影。他將果汁放在女同事面前，「既然莫刑沒來，那這個給妳吧。」

「哇，請我的嗎？」女同事接過果汁，嗓音清亮又溫柔。

「對，我自己喝不完兩杯，就拜託妳了，柳……」江坤寒瞥了眼女同事放在桌上的名片，唸出對方的名字：「柳曉安？」

「叫我小安就可以了，我的朋友們都這樣叫我。」柳曉安笑瞇了眼，她偏著頭，開心地說：「謝謝你的果汁，江坤寒。」

江坤寒一愣，不由自主地追問：「妳怎麼知道我的名字？」

「拜託，你幾乎每天都來找莫刑，聽你們講話久了當然知道。」

「也對。」江坤寒放鬆地笑了笑，瞧了一眼手錶，「我該回去了。」

「下次再來啊。」柳曉安甜笑著，對江坤寒揮了揮手。

這次的交談看似平常，在柳曉安心中卻意義非凡。

其實柳曉安注意江坤寒很久了，江坤寒在她心中就是完美的代表，而她正用盡心思地試圖引起江坤寒的注意。

她的這份執念從幾個月前就開始了。

在遇見江坤寒前，柳曉安一直都對男性有種難以忍受的厭惡。她受夠了辦公室裡總是有男人對她說黃色笑話，她討厭那些男人不尊重的肢體動作，她討厭那一則則自以爲幽默的騷擾留言，她討厭陌生同事摟住她的腰，即使已經明確拒絕仍是一遍又一遍地對她說「跟我回家吧」。

但她只能忍，她不想毀掉自己精心建立起來的形象，更不想大發雷霆害自己丟掉工作。她明白自己長得漂亮，然而這不代表她能習慣別人的騷擾。

柳曉安厭倦了男人們跟在她身後拚了命地追求，直到遇見江坤寒。

第一次跟江坤寒見面，是在公司舉辦的酒會上，當時有個前輩搭著她的肩，盡說些讓她不快的笑話。她能明顯感覺到前輩的手在她的肩膀上來回摩娑，每個細微的力度都令她想吐。

她想要逃跑，前輩卻硬扯住她的肩膀，柳曉安氣得幾乎要破口大罵。

這時江坤寒出現在她的面前，盯著她的臉直瞧。

柳曉安很不屑。

又是一個被她的臉蛋所魅惑的男人，他們總是一樣，每個都一樣。

會場昏暗的燈光將江坤寒的臉染上一層淺淺的鵝黃，江坤寒端著酒杯走近柳曉安，向她敬了一下，而後有禮地說：「好久不見了，上次包裹的事情托妳的福才順利處理好，李總想請妳過去喝一杯，不曉得方不方便？」

李總？誰？

柳曉安茫然地看著江坤寒，她不記得這個人，可又怕自己說錯話，不小心惹惱了那位「李總」，於是她只是尷尬地陪笑了兩聲。

柳曉安不清楚李總是誰，不過纏住她的前輩顯然認識。壓在她肩膀上的力量很快消失，前輩還諂媚地說了一句：「代我向李總問好。」

江坤寒對前輩微微一笑，隨即拉著柳曉安的手走出會場。

「喂，喂！你要去哪！」柳曉安在門前的臺階上甩開了江坤寒的手，不滿地質問：「李總到底是誰？你又是在搞什麼！」

江坤寒笑了起來，搖搖頭說：「我替妳解圍，妳應該要先感謝我才對吧？李總是我們業務部的高層，妳是行政部的，當然不認識。其實他今天也不在這裡，我只是看前輩在騷擾妳，所以想帶妳離開而已，女孩子自己要小心一點啊。」

「小心一點？我小心一點？」柳曉安插著腰，氣得臉頰泛紅，「我是來參加酒會的，我沒有做任何事，你們這群男人就像蒼蠅一樣黏上來動手動腳，這難道是我的錯嗎？難道不是那些性騷擾的人錯？」

「好好好，我承認我用詞不當，妳先冷靜一下。」江坤寒扶著額。

意識到自己剛剛吼了一個幫了自己的人，柳曉安忽然有些心虛。她打量著江坤寒的臉，這才發現眼前的大男孩長得挺順眼的。

他十分年輕，似乎剛畢業不久，五官相當英挺，尤其是側臉的輪廓特別好看。江坤寒的頭髮染成了深棕色，身形高䠷，穿著簡單的白襯衫和西裝褲，稚嫩中又帶著一絲成熟。

注意到柳曉安的目光，江坤寒微微側頭，疑惑地問：「怎麼了？」

柳曉安莫名地心跳加速，她摸摸自己的臉，驚覺自己已經很久沒有這樣對一個人心動了。

「沒、沒事。謝謝你。」柳曉安眨了眨眼，低聲道謝。

「不客氣。我看妳應該也累了，早點回家休息吧。」江坤寒將手插在口袋裡，柔聲回答。

從那天之後，柳曉安就記住了江坤寒，但她當時並不知道江坤寒的名字，只知道他是業務部的人。

她認爲這是命中注定的愛情。

一位在酒會上被刁難的美麗公主，遇到一位解救自己的王子，他們就該在一起，就如童話故事一樣美好。

被江坤寒搭救的隔天，柳曉安立刻跑到了樓上的業務部找江坤寒。

見到江坤寒的那刻，柳曉安興奮地向他打招呼，卻只得到江坤寒茫然的目光。

很明顯的，對方並沒有認出她。

這件事對柳曉安來說是個巨大的打擊，她氣呼呼地向江坤寒提起酒會上的事，江坤寒才露出恍然大悟的表情。

雖然難過，不過柳曉安並沒有放棄江坤寒的意思。她趁著江坤寒轉身去裝咖啡時，迅速抓起了江坤寒辦公桌上的一枝筆，塞進外套口袋。

從此，每次她只要去找江坤寒，就會拿走一樣對方的小東西當紀念品。有時候是上面寫著行程的廢紙，有時候是一把尺，有時候是吸管，或是江坤寒喝到剩下一點點的飲料瓶。

最近她發現江坤寒時常會出現在行政部，但不是爲了找她，而是爲了莫刑。雖然對此略感不滿，柳曉安依舊堅持著，她覺得自己是朵只爲江坤寒盛開的嬌貴玫瑰，只要她等待得夠久，總有一天江坤寒會爲她傾倒。

她的家裡有個抽屜，裡面放滿了江坤寒用過的小東西，她相信江坤寒不會責怪她的。

畢竟之後他們就會是男女朋友了，不需要計較這麼多。

柳曉安吸光了果汁，她瞧著空杯子，心底甜甜的。

這個杯子是江坤寒初次送她的禮物，絕對必須留下來作爲紀念。

莫刑幾天後就被資遣了。

這不是他第一次無預警曠職了，江坤寒認為公司的決定合情合理，內心卻仍隱隱感到不安。

他打了無數次電話給莫刑，每次都直接轉進語音信箱，他一開始沒有放在心上，只以為對方是嗑藥嗑多了，昏睡了好幾天。

但不久他又漸漸在意起來，他想起了去遊樂園那天莫刑臉上的笑。

江坤寒的情緒很少為其他人這樣牽動，他並不喜歡被莫刑牽著跑的自己，卻無法克制地掛念對方。

為了消除懸在心頭的隱憂，江坤寒終究還是在下班後開著車，直接來到了莫刑的家門口。

這裡跟他上次造訪時沒差多少，門口依然髒亂不堪，鐵門被鏽蝕了大半，顯得搖搖欲墜。

江坤寒從窗邊往裡望去，屋內太暗了，窗口又被破舊的窗簾擋住，因此他根本看不清楚。於是他回到門邊，伸手敲了敲門。

一個衣衫不整的年長婦人拉開門，嘴裡叼著一根菸。江坤寒眉頭一皺，立刻認出那根菸正是迷蝶。

婦女上下打量了他一眼，「誰介紹你來的？」

「我自己來的。」江坤寒冷靜地回答。

婦人聳聳肩，懶懶地說：「隨便，進來。一次一千，要怎麼玩都隨便你，玩夠了就自己滾。」

是妓女嗎？

江坤寒暗忖，他並不想和人上床，所以對眼下的情況有些反感，可是他必須進屋查看狀況。

思索了數秒，江坤寒從錢包中掏出一張千元鈔，交給了婦人。婦人將鈔票揉成一團塞進自己的口袋，隨後朝江坤寒的臉吐出一口煙，一轉身便往裡走。

江坤寒跟在婦人身後，穿過一條陰暗的走廊，這邊的燈似乎也壞了，整條走道都是黑的，地上全是散落的菸頭和酒瓶，環境簡直糟糕到了極點。

他被帶到一個半掩著門的房間前，房裡點著一盞昏暗的檯燈。依靠微弱的燈光，他瞧見地上堆滿了奇怪的道具，有酒瓶、皮帶和繩索，有菸灰和鐵鍬，甚至還有造型特殊的情趣玩具。

四周瀰漫著一股排泄物的惡臭，江坤寒強忍住反胃的感覺，抬起視線。

他見到莫刑全裸著倒在地上。

莫刑的雙手被綁在身後，即使燈光昏暗，身上那青紫的傷痕也十分明顯。一圈圈的是菸蒂造成的燙傷，一條條的是刀子留下的血痕，帶狀的青紫色則是皮帶勒過的痕跡。

莫刑似乎不認得他，不僅眼神渙散，嘴角還微微流下晶瑩的唾沫。江坤寒擰了下眉，不敢相信莫刑消失的這幾天是被囚禁了。

怪異的影像忽地在江坤寒的腦中播放起來，那是一個小小的身影被男人給壓住強姦的畫面，江坤寒心底最深處的痛楚就這麼一湧而出，他頓時氣得渾身發抖。

婦人抖了下菸灰，事不關己一般準備離去，沒想到才剛轉過身便被江坤寒一把抓住肩膀。

帶著幾分隱忍，江坤寒用因憤怒而微顫的嗓音問道：「等等，妳跟莫刑是什麼關係？」

「我是他媽。」婦人將菸扔在地上，一腳踩熄。

這個回答讓江坤寒加重了壓住婦人肩膀的力道，又緩緩地問：「爲什麼要這樣對他？」

「誰？莫刑嗎？」婦人扯了下嘴角，牽出一抹詭異的微笑，「他是我兒子，我愛讓他賣淫就賣淫，我愛讓他吸毒就吸毒，你管不著。不然你要怎麼樣，報警嗎？」

「對，我要把莫刑帶出去，像妳這種人根本不配活著。」江坤寒咬牙切齒地說。討厭的回憶再度從江坤寒的腦海掠過，嫌惡和破壞的衝動逐漸占據他的大腦。他很清楚自己又要發作了，這樣不妙，非常不妙。

有個邪惡男人住在江坤寒的腦袋裡，他努力地想當個好人，他努力地想要對所有人溫柔，可是另一方面，他腦中的男人總會叫他做出瘋狂的事。

比方說「殺掉那些動物」、「強姦那個人」，現在那個男人正在他耳邊輕聲說：「殺掉那個女人，她是個垃圾，死不足惜。」

江坤寒敲了兩下自己的頭，低吼一句：「閉嘴，吵死了。」

抓到了江坤寒注意力被引開的空檔，婦人猛地抄起腳邊的檯燈，往江坤寒的頭上砸去，打算殺死江坤寒。對她來說，江坤寒已經知道得太多了。

江坤寒反應很快，他一個閃身勉強避開婦人的攻擊，隨即搶過檯燈，重重地敲了婦人一下，力道大得讓燈罩和燈泡都碎了，只剩燈座的部分還在江坤寒手中。

婦人的身子晃了一晃，伴隨著一聲巨響倒在地上。

手裡提著的公事包掉落在地，江坤寒盯著帶血的燈座，腦中又響起聲音。

「她剛剛打算要殺你，你反過來殺了她也只是正當防衛罷了。」

江坤寒蹙著眉，望向昏倒在地的婦人。他聞到了血的氣味，這使他有些驚訝，他以爲房間內迷蝶的氣味已經夠濃了，沒想到他還是一下子就辨識出那股熟悉的腥味。

「你是爲了救莫刑，就算殺了那個女人也合情合理。而且這正是你要的，一個合理殺人的機會，不是嗎？你需要練習，不然你該怎麼殺死繼父？」

腦中的聲音一點一點地侵蝕了江坤寒殘存的理智，江坤寒緩緩蹲下身，他眼中的光芒徹底消失，只餘下純粹的恨意和對血腥的亢奮。

他伸出手，拉住婦人毛躁的髮絲，另一隻手則拿起燈座，開始一下又一下地敲擊婦人的後腦勺。他感覺到每次敲擊砸破腦殼反饋的力度，他感覺到溫熱的血噴濺在自己的衣服上，他聽見了清脆的聲響，那是婦人的腦袋碎掉的聲音。

他並不感到快樂，也不感到悲傷，但他感到了解脫。

隨著一道道的碎裂聲，婦人的腦袋後方出現一個巨大的血窟窿，腦漿混雜著血液飛濺至他的褲子和襯衫上，猶如拙劣的潑墨畫。

婦人明顯已經死了，然而江坤寒沒有停下來。他喘著氣，又多砸了幾下，直到婦人的腦袋凹向一側才停手。他看著流了滿地的血，又看了看自己染血的掌心。

看來他必須清理一下血跡，還得處理屍體。

江坤寒相當冷靜，冷靜到連他自己都覺得不可思議。他明白自己應該要尖叫，應該要被嚇得癱軟在地，可是他沒有，他只覺得腦中不斷吵雜著的聲音終於安靜下來了。

而莫刑也沒有任何反應，像是昏睡過去了，或許是因爲毒品的關係，他的意識還處在朦朧當中，可能根本沒意識到面前發生了什麼事。

江坤寒本來是來救莫刑的，但現在莫刑目睹了一切，這很不妙。

他可能也必須殺了莫刑，或者至少要想辦法封住莫刑的嘴。他還沒考慮好該怎麼做，眼下光是要處理婦人的屍體就有得忙了。

沒有了腦中的聲音，四周忽然變得十分安靜，連江坤寒自己的呼吸聲都異常清晰。江坤寒扔下已成爲凶器的燈座，將手上沾染的血往屍體的衣服上抹了抹，之後打開掉在地上的公事包，從裡面拿出耳機和手機。

江坤寒把耳機塞入了耳中，滑動歌曲列表，找到蕭邦的《幻想即興曲》，按下循環播放。

華麗緊湊的音符從耳機傾瀉而出，江坤寒走進廚房，在陳舊的刀具之中勉強挑了一把較爲鋒利的菜刀。

他第一件想到的事是支解。

先把屍體弄成小塊，再來思考如何處理。

隨著節拍，江坤寒一次次地揮下刀具，一步步地把婦人給分解，而後他去找了一個桶子，把內臟裝進裡面。

血，到處都是血，地板上流淌著滿滿的血色。

江坤寒嘆了口氣，他察覺自己犯了新手才會犯的諸多錯誤。第一，他不該把支解想得這麼簡單；第二，他沒料到會流這麼多血；第三，他想要把屍體給埋起來，可是外面只有一個小花圃，並沒有適合埋屍體的地方。

他換了首音樂，這次是搖滾樂。在劇烈的嘶吼聲裡，他在屋內隨意轉著，發現了一個近似垃圾堆的雜物間。

江坤寒在裡頭找到了自己想要的東西。

那是用來裝垃圾的幾個鐵桶，他目測了一下大小，似乎可以把屍塊統統塞進去。

帶著一絲欣喜，江坤寒把鐵桶拖到門口，開始放入屍塊，再把鐵桶連同裝內臟的桶子塞進他停在外頭的車子後車廂，打算前往郊區掩埋。

江坤寒的行動自然是可疑的，但在這地方根本沒人在乎，這附近恐怕全是毒窟，人人都沉浸在毒品中醉生夢死也說不定。

江坤寒坐上駕駛座，他明白自己還要折騰一陣子，於是拿出手機，傳了一封請病假的訊息給主管，隨後就發動引擎，在如墨的漆黑當中往郊區的方向駛去。

他準備去尋找一個適合埋藏屍體的地點。

當江坤寒處理完屍體時，已經是早晨了。他回到莫刑家中，捲起袖子進行最後的善後工作。

一直軟倒著的莫刑似乎也比較清醒了，他睜開沉重的眼皮，盯著在面前用抹布擦拭滿地鮮血的江坤寒。

注意到莫刑的視線，江坤寒轉過頭，衝著他淡淡一笑，「你終於醒了。」那充滿關懷的溫柔語氣宛如什麼都沒發生過一般，跟凝在地上的乾涸血液形成了強烈反差。

莫刑張開嘴，但乾澀的嘴唇令他無法發出聲音。江坤寒注意到後，扔下手中的抹布、拉下耳機，從公事包裡拿出自己的保溫杯，遞到莫刑嘴邊。

喝了水讓莫刑清醒不少，他抬起眼，有些惶恐地看著江坤寒，「可以……幫我把綁帶解開嗎？我需要去一下廁所……」

那副小心翼翼的模樣，就像生怕江坤寒會拒絕他似的。

江坤寒拍了一下自己的額頭，立刻湊過去替莫刑解開束縛，嘴上一邊道歉：「抱歉，我顧著處理手邊的事，都忘記要幫你解開了。」

重獲自由的莫刑搖搖晃晃地站了起來，他的頭還很昏，必須扶著牆才能勉強行走。江坤寒望著莫刑赤裸的單薄背影，不禁有些不忍。

完成了清理工作後，他又在屋裡走動，直到找到莫刑的房間。經過一陣翻箱倒櫃，江坤寒翻出了幾件衣服和內衣褲，他瞧了瞧自己血跡斑斑的上衣和褲子，決定先借莫刑的衣服來穿。不過由於莫刑身形單薄，江坤寒穿上衣服後，繃得都快無法呼吸了。

他隨便找了個塑膠袋，將沾染血跡的襯衫和褲子裝好，準備之後也處理掉。接著，他哼著不成調的旋律來到浴室外，輕敲了幾下門板，「我送衣服過來了，你換上吧。」

浴室的門被推開一條縫，莫刑纖瘦的手顫抖地伸出來，拿到衣服後就迅速縮回去，像一隻受驚嚇的小貓。

莫刑總是一副過度恐懼的模樣，江坤寒倒也習慣了。他聳聳肩，提著公事包返回客廳，把門打開想讓屋內混雜的氣味散去，然後便坐在門口打盹了起來。

他第一次在這間屋子待到早上，或許是陽光讓一切看起來沒那麼糟了，鏽蝕的大門上凝了幾顆透明的露珠，顯得閃閃發光。

莫刑換好衣服，走到門口，看見清晨的曙光穿過前門，在江坤寒的身周凝成一圈金色的邊。他發覺自己已經許久沒接觸到陽光了，被困在房間裡的幾天他都沒見過太陽，失去時間觀念的他連今天是星期幾都不清楚。

莫刑惴惴不安地走下臺階，安靜地在江坤寒身邊坐下。

江坤寒把頭靠在門框上，對著莫刑說：「你記得昨晚發生了什麼事嗎？」

莫刑點了點頭。

其實他的記憶十分模糊，這些日子母親在他身上打了無數種奇怪的藥物，讓他的精神始終處在亢奮且恍惚的狀態。他的四肢難以正常移動，所以只能癱倒在地上，不過他隱隱約約地透過那一片腥紅，得知自己的母親被殺了，而兇手正是面前的江坤寒。

江坤寒半瞇著眼，用慵懶的語氣問：「是我殺了她，你知道的，對嗎？」

莫刑再度點點頭，他抱著自己的膝蓋，整個人萬分緊張。

「我不想這麼做，不過既然你知道了，我可能就必須連你一起殺掉了。」江坤寒伸出右手，掐住莫刑的頸子微微出力，那力道雖然並不特別讓莫刑難受，作為威脅也足夠令人不安了。

江坤寒原以為莫刑會驚慌失措，沒想到莫刑只是睜著烏黑的眸子，用略帶沙啞的嗓音低聲說：「謝謝你。」

江坤寒愣了一下，困惑地問：「謝什麼？」

「謝謝你救了我。」莫刑將自己蒼白的手指搭在江坤寒的手上，無助地道謝。如果江坤寒沒有過來找他的話，天曉得他還要被關在房裡多久。或許他真的會因為被注射了過多藥物而死在裡面。

奇異的躁動宛如漣漪般，在江坤寒的心中逐漸擴散。他鬆開掐住莫刑脖子的手，轉而輕輕碰觸莫刑的臉頰。

江坤寒覺得這一切是如此的可笑，他殺了莫刑的母親，莫刑卻坐在他身邊，跟他說了謝謝。

或許莫刑被毒品搞壞的渾沌腦袋根本還未弄清楚狀況，他可是個殺人犯。他當時完全可以選擇報警的，但他卻殺了那個女人，像是她理所當然該死一樣。

體內躁動的感覺跟殺貓的那天晚上非常相似，黏稠的衝動又從江坤寒的後腦勺開始擴散，緩緩占據了他的思緒，慫恿著他把莫刑拖進屋內，在沙發上強暴對方。

江坤寒縮回手，在心中對自己吼了幾聲「閉嘴」、「安靜」。

這時候，莫刑突然將臉埋在膝蓋上，不知怎麼的抽泣了起來。

「喂，你該不會是在爲那個女人哀悼吧？她可是虐待你的垃圾。」莫刑的眼淚讓江坤寒莫名不耐，他的語氣有些不善，猶如終於露出獠牙的怪物。

莫刑搖了搖頭，他也不明白自己爲什麼會哭。照理說他應該要恨的，他應該感到解氣，可實際上他卻十分難過。

他母親是未婚懷孕，才剛懷孕男友就跑了，所以莫刑從來沒見過自己的父親。他小時候總想像著若是父親沒有離開，說不定他們會是個快樂的家庭。

我們本來可以很快樂的。

莫刑居然爲了這個不切實際的可能性而感到可惜，甚至是悲傷。

他茫然地抬起頭，望著晴朗的天空。太陽已經完全升起，燦爛的陽光映在他的眼底，折射出五彩斑斕的流光，眼淚讓整個世界糊成捉摸不定的形狀，他看不透。

江坤寒的目光轉向莫刑，只見莫刑縮在門邊，彷彿試圖把自己給塞進大門的陰影中，想要就此消失不見。

理智告訴江坤寒，他必須連莫刑一併殺了，殺掉莫刑多半挺容易的，他也不擔心有人會來找莫刑，畢竟莫刑在這種地方被關了好幾天，卻只有他跑來找人。

但不知爲何，他並不是很想動手，看著莫刑孤獨而無助的模樣，江坤寒不禁聯想到被拋棄的小野貓。

他現在太累了，不適合殺莫刑。

江坤寒說服著自己，他應該等到體力恢復之後，再來考慮怎麼處理莫刑。在這之前，他得先把莫刑綁在身邊，以免對方去告發自己。

下定決心後，江坤寒對著莫刑一彈指，淡淡說了一句：「你來我家住吧。」

「嗯？」莫刑訝異地瞪大眼睛。毒癮令他再度出現幻覺，他見到江坤寒的脖子上長出一條黑色的線，像是紋身一樣延伸至臉上。

江坤寒扯了扯太緊的領口，不耐煩地重複：「我要你先來我家，你聽不懂嗎？你還有哪裡可以去？難道你要自己待在這個鬼地方腐爛？快去收你的東西。」

莫刑被江坤寒驟變的態度嚇了一跳，他站在門口，攪扭著雙手，一句話都說不出來。

江坤寒經常這樣，有時對他很溫柔，下一刻卻又變成了另一個人，粗暴而無禮，讓他害怕。

他確實不想繼續待在這個充滿了毒品和不堪回憶的地方，但他想起自己曾經差點在江坤寒家中幫助對方掐死一隻貓，因此無比不安。

莫刑猶豫的樣子使江坤寒的不耐又被激起，他走到莫刑面前，扯住對方的手臂，惡狠狠地說：「快去，我不想再說一次。」

莫刑抽回手，嚇得連連點頭，一轉身便趕緊去房間收拾東西。

江坤寒停留在門口，他扶著額，明白自己剛剛又失控了。

跟莫刑待在一起的時候，他總是有點奇怪，理智和感性在體內彼此拉扯，幾乎令他分裂。

他無法解釋莫刑爲什麼是特別的，他爲了莫刑做了太多事情，仔細想想有一半以上根本都說不出理由。

就像是他隨時都受莫刑牽動一樣。

第四章　囚禁

「搬進我家的第一條規矩，你要戒毒。」

江坤寒領著莫刑來到浴室，冷靜地說。

莫刑不安地點了點頭，他很清楚這是他該做的，因此沒有什麼抗拒。

稍早，他剛踏進江坤寒家中不久，毒癮就犯了。當時他正在客房整理行李，誰知毒癮就這麼緩緩攀上他的背脊，令他渾身開始直冒冷汗，同時極度地想吐。他站了起來，眼前的世界卻是傾斜的，於是他一個腳步不穩，又摔回了地上，發出巨大的聲響。

江坤寒聞聲趕來，一看見莫刑就明白發生了什麼事。他咒罵著跑過去，花了極大的力氣才壓制住莫刑，讓對方冷靜下來。

之後江坤寒就找了條鐵鍊，並把莫刑拽到浴室，黑著臉提出戒毒的要求。內心充滿罪惡感的莫刑說不出話，只能連連點頭。

「怕你亂跑或是滿屋子地破壞我家，這幾天我要把你給綁在浴室裡，想吐想上廁所自己來。我每天會送兩餐過來，直到你的戒斷症狀結束才能鬆綁。這樣沒意見吧？」江坤寒的語氣有如在對囚犯說明他的日程表，冷漠而平淡。

他當然不可以把莫刑送進勒戒所，所以只好暫時找個藉口綁住莫刑，等待合適的時機來臨再下手殺人。

莫刑乖乖讓江坤寒用鐵鍊綁住自己的腳踝，他只被允許攜帶一瓶水進入浴室，連手機也被江坤寒拿走了，宛如被關在一個小小的禁閉室。

第一天非常難熬，莫刑不記得自己究竟吐了多少次，他像是要把胃都嘔出來般靠在馬桶旁，到最後連站起來的力氣也沒有了，整個人倒在浴室的地板上。

他看見雪白的磁磚牆面裂開一道道細小的縫隙，縫隙中出現了無數隻滿布血絲的眼眸，安安靜靜地盯著他看。

莫刑嚇壞了，他驚恐地爬到門邊，瘋狂抓門，抓到指甲都流血，並用悲慘的聲音尖叫：「放我出去！」

後來他可能昏過去了，也可能只是累到睡著了，莫刑不太確定，他只知道當他醒來時，江坤寒正蹲在他眼前，搖著他的肩膀。

「下次別喊那麼大聲，我怕被鄰居投訴。」江坤寒把衣服擺到莫刑面前，淡淡地補了一句：「你先洗個澡，我再帶晚餐上來。」

莫刑聽見了江坤寒的話，可他沒有動作，只是咳了幾聲，嘔吐物的味道卡在他的喉嚨，使他極度不舒服。

看著莫刑動彈不得的模樣，江坤寒嘆了口氣，替莫刑打開了浴缸的水龍頭。他把莫刑從地板上拉起來，讓莫刑坐在浴缸邊緣。

「扶著，不要摔下去。」江坤寒要莫刑撐住牆面，隨後開始替對方卸去衣物，莫刑的衣服上也沾了些嘔吐物，顯得十分骯髒。

江坤寒覺得自己簡直是自找麻煩，都怪他當初沒想清楚，如今才會淪落到成爲看護的糟糕境地。

待水放好了，莫刑也差不多脫完了衣服，藉著江坤寒的攙扶緩緩泡進浴缸裡。江坤寒捲起袖子，坐在浴缸邊打開蓮蓬頭，用熱水沖濕莫刑的頭髮。他壓了一些洗髮乳在掌心，平靜地把莫刑拉過來了一點，然後在莫刑的髮絲上搓揉出泡沫。

隔著氤氳的霧氣，江坤寒忽然感覺這對他來說似乎太親密了些。髮絲和泡沫纏繞在手指上的觸感，甚至比性愛更要令他悸動。

江坤寒決定別再去思考這一刻詭異的親暱，他再度打開蓮蓬頭，冷淡地命令：「閉上眼睛。」

水從莫刑的頭頂沖刷而下，晶瑩的水珠落在蒼白的後頸，順著彎下的背部曲線一顆顆滑落，令江坤寒聯想到車窗外的雨滴。

他不想讓這種怪異的氛圍維持太久，因此很快便關上蓮蓬頭，扶著莫刑協助對方離開浴缸。他用浴巾裹住莫刑單薄的身子，大略地擦了擦。

一低頭，江坤寒的視線正好跟莫刑對上。莫刑似乎比較清醒了，睜著烏黑的眸子盯著江坤寒，睫毛上還凝著幾顆水珠。

「謝謝你。」莫刑壓著嗓音，怯生生地說，不知在害怕些什麼。

「想要謝我？那麻煩你行行好，自己穿衣服，可以嗎？」江坤寒沒好氣地回。

莫刑順從地頷首，於是江坤寒把衣服塞進他的手中，退出浴室。

由於幫莫刑洗澡的緣故，他的襯衫濕了大半，褲子也是，現在還必須去樓下幫莫刑拿晚餐上來。

江坤寒不禁覺得有點可笑，他這是在照顧流浪動物嗎？

無奈地搖了搖頭，江坤寒仍是去廚房拿了涼麵，莫刑則是換好衣服坐在浴室門口，那是綁著鐵鍊的他所能到達的最遠距離。

「這是你的晚餐，坐在這裡吃，我要進去洗澡了。」江坤寒把涼麵交給莫刑，隨後帶著衣服大步踏入了浴室。

由於卡著鐵鍊的關係，江坤寒只能將門半掩著。這樣洗澡格外彆扭，但他也只能安慰自己這樣的情況不會持續太久。

反正再過一陣子，莫刑就必須死了。

江坤寒在腦中計劃著該如何殺死莫刑。浴缸似乎是個挺好的選擇，這次他不會再犯新手才會犯的錯誤了，他會直接把血跡給沖掉。江坤寒想像著血將浴缸填滿的畫面，而莫刑蒼白的臉浮在水面上。

就快了，只不過現在還不是時機。

換上寬鬆的家居服，江坤寒步出浴室，發現坐在門口的莫刑根本沒有動晚餐，整盒涼麵好端端地放在他手中。

「你不吃嗎？」江坤寒擦著頭髮上的水珠。

莫刑瞥了一眼涼麵，小聲地說：「我不餓。」

「你不是不餓，你是身體機能被搞壞了，從三、四天前開始就沒吃什麼東西還不餓。」江坤寒翻了個白眼，注意到莫刑的髮絲還濕漉漉的，水珠沾在白色的上衣，讓衣服有幾處變得微微透明。江坤寒嘖了一聲，拉過莫刑的手臂，「起來吹頭，頭髮乾了就快吃。」

莫刑手足無措地又被拖回浴室，露出茫然的神情站在江坤寒面前。莫刑之前的家中沒吹風機，頭髮都是自然乾的，所以他完全沒有吹頭髮的觀念。

江坤寒站在洗手檯旁，拿著吹風機在莫刑的頭上來回吹整。微暖的風令莫刑有點想睡，江坤寒按壓他頭皮的力度很溫柔，他幾乎就要忘記這個男人殺了自己的母親。

見莫刑瞇起了眼，江坤寒忍不住露出一抹淺淺的笑，在頭髮差不多全乾後，他關上了吹風機，「你等等先去吃麵，我幫你把浴缸擦乾，今天你就睡在這裡。」

莫刑倏地睜大眼睛，他驚恐地抓住江坤寒的袖子，結結巴巴地哀求：「不、不要，拜託不要把我扔在這裡，晚上這邊很黑，而且只、只有我一個人……」

被獨自關在黑暗房間的記憶席捲而來，一下子吞噬了莫刑。

江坤寒皺著眉，語氣依舊平淡：「不行，你毒癮還在，我不能讓你發作的時候破壞我房間裡面的其他東西。」

「江坤寒……求求你……」

「我浴室的燈不會關，所以你這邊會是亮的。」看著莫刑滿溢恐懼的漆黑眼眸，江坤寒稍稍讓步，安撫著莫刑，「一星期，如果一星期後你證明自己不會再突然發作，或是不會一發作就無法控制，那我就答應你把鐵鍊延長，到時候你就可以到房間去。」

莫刑看上去仍是一副驚懼的模樣，但他不掙扎了，只是顫抖著點了點頭。

這晚，莫刑縮在浴缸裡，江坤寒替他帶來了枕頭和一條棉被，不過睡起來還是不太安穩。

他發作時不斷盜汗，後來又吐了，把晚餐都給嘔了出來，在半夢半醒間經歷了一段又一段恐怖的幻覺和夢魘，直到天明。

在這種情況下，時間的流逝對莫刑而言幾乎失去了意義，他用來辨別時間的指標變成了江坤寒。早上江坤寒會過來一次，順便帶早餐給他，而後江坤寒會出門上班或是玩樂，莫刑就獨自待在浴室，直到江坤寒晚上回家，一併帶晚餐給他，並幫他洗澡。

大概從第五天開始，莫刑的戒斷症狀便減輕許多，他清醒的時間增加了，偶爾還能翻翻江坤寒給他的一本小說，只不過他很久沒讀書了。

自從高中輟學後，莫刑就沒有再讀過小說，所以閱讀速度比較慢，十幾頁就要讀上半小時。

小說的內容相當吸引莫刑，是一個女孩四處旅遊的故事。女主角走遍了世界的每個角落，那是莫刑作夢也無法想像的美好生活，每當他打開書頁，就如同也跟著女孩一起去旅行了一樣。

後來莫刑發現，自己挺喜歡普通地生活著的江坤寒。他喜歡靜靜看著江坤寒早晨刷牙洗臉時的睏倦側臉，他喜歡江坤寒替他洗頭時，按壓在頭皮上的親密感受，甚至是江坤寒下班後向他抱怨工作時的惱怒表情。

這種平靜到可說是枯燥的生活，令莫刑極度的滿足。

第七天的時候，江坤寒照例要幫莫刑擦洗身體，卻被莫刑給擋了下來。

「我可以……自己洗了。」莫刑有些緊張地說。

江坤寒挑了下眉，「你是在向我證明嗎？畢竟也一星期了，你希望我延長你的鐵鍊？」

莫刑老實地點點頭，江坤寒則是聳肩，「可以啊，衣服你拿去。」

彷彿怕搞砸一樣，莫刑小心翼翼地踏入浴室，在架子上放好衣服，然後擰開浴缸的水龍頭，注視著熱水的蒸氣緩緩充斥整個空間，浴缸裡也注滿了熱水。

跨進浴缸，莫刑把自己徹底浸入熱水中，只留了一顆腦袋在水面上。

暖和的水溫令他有點想睡，莫刑半閉著眼，想起自己已經許久沒有自慰了。這並不是因爲他失去了性慾，只是被強暴的疼痛深深烙印在他的身體裡，使他不自覺地排斥性愛。尤其如今清醒的時刻變長了，他更少有因毒癮而失控自瀆的時候。

事實上，他在青少年時期就發現了自己是同性戀，但他從沒說過，反正也沒人在乎，更不會有人喜歡他。

只是那些對男人的性幻想總是如影隨形地跟著他，使他在內心最深處默默渴望著另一個男人的體溫，可後來也是一個又一個骯髒噁心的男人，硬生生毀壞了他的世界。

被強暴的厭惡感和性慾的本能在莫刑體內彼此拉扯，弄得莫刑不禁作嘔。

他試圖想像其他男人碰觸自己，一連換了幾個對象卻都無法消除那份厭惡。

最後，莫刑鬼使神差地想像起江坤寒趴在自己身上的模樣，他忽然感覺內心的排斥不那麼強烈了，甚至有點喜歡那樣的親密。

這一刻，莫刑驚覺自己做了多麼不妙的事。

他把江坤寒當作性幻想對象了，而且還意外地並不討厭。

莫刑瞬間一愣，接著迅速從浴缸中站起來，放掉了水，然後逃難似的換上衣服、吹乾頭髮，趕緊打開浴室的門透氣。

其實也沒什麼，他不是沒對其他詭異的東西產生性幻想過，只是這次對象剛好是江坤寒罷了。

雖然這樣安慰著自己，莫刑卻始終難以冷靜，潮紅在他蒼白的臉上擴散，他坐在浴室門口，整個腦袋都是亂的。

江坤寒端著兩碗泡麵過來，見莫刑縮在浴室門邊，他一挑眉問道：「你洗得還眞快。」

「嗯。」莫刑頭也沒抬，他的心跳無預警地加速，身子緊繃了起來。

「你怎麼回事？臉這麼紅？」江坤寒揶揄著，把其中一碗麵交到莫刑手中。

莫刑沒有說話，僅是呆呆盯著江坤寒。那羞澀又茫然的無助表情讓江坤寒莫名的有些心癢，腦袋當中的邪惡想法又開始叫囂。

江坤寒克制住自己的慾望，轉而坐到莫刑身邊，露出人畜無害的溫和微笑，叨念起上班遇到的蠢事和討厭的客戶。

莫刑安靜地傾聽，偶爾點個頭，這種沉默反而讓江坤寒自在。他似乎逐漸習慣了坐在浴室門口陪莫刑吃飯，有時甚至感覺有莫刑陪著很好。

依照約定，江坤寒吃完晚餐後走進了浴室，延長了鐵鍊的長度。

莫刑試著在屋內走動，他可以在二樓自由行動了，只是到不了一樓。

不過已經夠了，他對於這個程度的自由心懷感激。

江坤寒腦中的邪惡思緒持續叫囂著，告訴他不可以信任莫刑。說不定莫刑只是在偽裝罷了，一旦找到恰當的時機就會逃走。

然而江坤寒並未將這個可能性放在心上，他驚訝地發現，自己居然想要信任莫刑。

這天晚上，江坤寒帶莫刑去了客房，打算安排莫刑睡在那裡。

走進客房時，莫刑猛地一驚，慌慌張張往後退，撞上了站在他身後的江坤寒。

「怎麼了？」江坤寒微微蹙了下眉。

「那個、那個……」莫刑舉起手指著床鋪，臉上寫滿驚恐。

江坤寒順著莫刑手指的方向看去，那裡有一隻跛腳的白貓，正是莫刑第一次來到他家時，差點要被他掐死的那隻貓。

「沒錯，這就是我當時打算殺的那隻，不過後來我決定留牠一條活路，所以會提供牠最基本的水和食物。」江坤寒平靜地解釋，「你討厭牠嗎？那你要我現在殺掉牠嗎？」

莫刑拚了命地搖頭，現在的江坤寒讓他幾乎要尖叫起來。

「如果你不希望我把貓殺掉，那就冷靜點。」江坤寒摸了摸莫刑的髮絲，之後退出房間。

莫刑遲疑著，緩緩地向貓挪了過去，模樣怯生生的。他坐在床邊，猶豫了許久，才伸出手輕撫那隻貓。

暖和的體溫伴隨著柔軟的觸感從指尖傳來，莫刑鬆了一口氣。他比較不怕了，轉而用兩隻手把貓提起來，放在自己的大腿上溫柔地撫摸。

白貓抗議地叫了兩聲，倒也沒怎麼掙扎，就乖乖地蜷縮在莫刑的腿上。

莫刑明確地記得那天發生的事，貓咪痛苦地哀鳴著，冰藍的眼中屬於生命的光芒一點一點流逝。

莫刑摸著貓的耳朵，深深慶幸自己那時沒有幫助江坤寒殺死牠。

江坤寒不在的時候十分無聊，白天家中很安靜，礙於腳上還綁著鐵鍊，莫刑能閒晃的地方也不多。江坤寒要他別亂碰電子用品，他就眞的沒去碰，有如聽話的孩子。

莫刑的手機摔破了一角，而且不曉得被江坤寒收到哪去了，可能根本就不打算還他也說不定，他基本上跟外界失去了一切聯繫，但他倒是不緊張，逃走的欲望也不強烈。

外面的世界對他來說沒什麼好的，莫刑明白自己並不一般，他的怪異使他很難在外頭生存，大部分的人都對他粗暴而缺乏耐心，他寧可待在這裡。

偶爾他會逗逗貓，他替白貓取了名字，叫做「跛腳」。因爲江坤寒當初折斷了貓的後腿，導致牠現在走路一跛一跛的。

除此之外，莫刑就只能看書。

所幸江坤寒的書房內書籍數量挺多，他在裡面一待往往就是一整天。

或許是考慮到莫刑的生活，江坤寒最近也會去圖書館帶書回來堆在書房，給莫刑慢慢挑。江坤寒還把他的舊音響和CD搬了出來，好讓莫刑能有些娛樂。

音響對莫刑而言十分陌生，他花了一些時間才學會如何使用。之後，他就時常躲在書房當中，專心地聽音樂和閱讀。

他有一首特別喜歡的歌曲，連續聽了好幾週。收錄那首歌的專輯封面是綠色的，上頭寫著他看不懂的字母，歌曲的旋律輕柔，背景音樂是海水沖刷著沙粒的聲響，乾淨的女聲隨意地哼唱著同一句歌詞，莫刑半個字也聽不懂，可是那首歌卻深深碰觸到了他的內心，甚至令他有點感動。

這天下班後，江坤寒踏進了書房，把兩個便當放在莫刑面前的桌上，「該吃飯了。」

江坤寒顯得相當疲憊，好像剛被折磨過一樣，莫刑從書本的後面抬起目光，輕輕頷首。

江坤寒坐在莫刑對面，偏頭聽了下音樂，忍不住問：「怎麼又是這首歌？你這樣每天聽，不膩嗎？」

莫刑搖搖頭，他看著江坤寒，認真地說：「這是一首很好的歌，很好聽。」

「我知道，但你也聽太多次了。」江坤寒笑了起來，心情好了一點。他想起工作上那些令人心煩的斥罵、流言蜚語的轟炸，每一個環節都必須戰戰兢兢地應對，太累了，他常常在辦公室裡想念跟莫刑在家聊天的時光。

莫刑瞄了一眼音響，小聲地說：「我想知道他在唱些什麼。」

「應該是在唱 I will love you，而且從頭到尾只唱了這句。」江坤寒一邊扒飯一邊回答。

「I will love you？什麼意思？」

「是英文，意思是我會愛你。」江坤寒不厭其煩地解釋。

聽見江坤寒的回答，莫刑整個人愣住了。

江坤寒只是說了「我會愛你」四個字，莫刑的心跳便瞬間加速，身體也開始微微發熱。莫刑覺得這樣非常糟，他似乎真的對江坤寒產生了好感。

不是毒品讓他神智不清，也不是一時的衝動，莫刑幾乎無法控制自己想要碰觸江坤寒的渴望，他現在就想將手伸過去，牽住江坤寒的手。

可是他不敢，所以只能呆呆地注視對方。

莫刑心想自己可能是傻了，糟糕的回憶從他的腦海閃過，江坤寒威脅自己時的恐怖表情、那隻差點被勒死的白貓，還有他死去的母親。

他喜歡上了一個兇手。

江坤寒擰了下眉，看著呆滯的莫刑，「你幹麼？」

莫刑搖搖頭，轉而提問：「你一開始爲什麼找上我？」

「什麼？」江坤寒被這個突如其來的問題弄得略顯茫然。

「一開始……一開始，第一次來你家的時候，你要殺死我……你只是想殺人嗎？」莫刑的嗓音帶上了細微的顫抖，他記得太清楚了。

江坤寒雙手環胸，他不確定該怎麼開口，他腦內的聲音又開始咆哮，吵得他頭疼。

他思索了一下，最後決定坦白。反正莫刑沒有對外聯繫的方式，而且他不久後就會殺死莫刑了，被知道也沒有關係。

帶著詭異的神情，江坤寒緩緩說道：「我想要殺一個人，我的繼父，所以我需要練習。」

顫慄頓時爬上莫刑的背脊，他僵硬地問：「爲什麼？」

江坤寒笑了起來，雖然笑著，莫刑卻能感受到笑容背後的痛苦，飽含著憤怒和絕望。莫刑明白自己這樣想很奇怪，可是江坤寒那隱忍著悲傷的模樣，居然使他感到著迷。

「你眞的想知道嗎？這是個很糟糕的故事。」江坤寒依然在笑。

他說了一個故事，那是一個令人難過的悲劇，他說著故事的口吻是如此平淡，宛如在講述別人的經歷。

江坤寒不曉得自己是怎麼辦到的，但每當他提起那段經歷時，自身的情感似乎就被封閉了起來，他的身體也許產生了一種保護自己的機制，好讓他回憶的時候不要崩潰。

江坤寒的父母很早就離異了，之後他的母親帶著他改嫁。繼父十分有錢，大家都認爲是他母親高攀了，找了個好人家。

江坤寒一開始也這麼認爲，繼父出手大方，給了他許多玩具，而且爲人幽默，脾氣又好。最棒的是，他不會逼江坤寒叫他「爸爸」，所以江坤寒還是稱呼他爲「叔叔」。

直到一個夏日的燥熱夜晚，一切都毀了。

那天的記憶依舊清晰無比，夜已深沉，四周的空氣卻不減悶熱，江坤寒完全睡不著，他在房間裡找空調的遙控器，卻哪裡也找不到。

或許是媽媽拿走了。

年幼的他這麼想，打開門走出房間，忽然隱隱約約聽見隔壁的臥房中傳出了不自然的細微悲鳴。

他非常清楚，那是江依依的聲音。江依依不知道是什麼時候出現的，但江坤寒記得那是他姊姊，他們兩人感情挺好。

由於江依依聽上去很不舒服的樣子，所以江坤寒將門推開一條縫，望了一眼臥室內部。

江依依在床上，而繼父也在那裡，兩個人裸著身子，姿勢相當的不對勁。年幼的江坤寒嚇著了，他不清楚發生了什麼事，他看見繼父的背部布滿汗水，正在不斷出力挺動著腰桿，江依依的頭則歪向一側，像個被折斷頸子的洋娃娃，嘴裡塞了一塊布，驚恐圓睜的眼眸中噙滿淚水。

絕望。

江坤寒從姊姊的眼底讀到了無與倫比的絕望，雖然他不太懂，可是他明白姊姊被傷害了。江坤寒茫然無措，第一個反應就是去找母親幫忙。

母親待在一樓的臥房，江坤寒衝進房間，抓住母親的手臂開始哭泣。

「怎麼了？」母親慈愛地摸著他的頭，平靜而溫柔的嗓音令江坤寒稍微冷靜了下來。

江坤寒一邊抽泣一邊小聲說：「叔叔在半夜會做不好的事情……」

「哦，那個不是不好的事情喔，叔叔可以那樣做沒關係，我跟叔叔約好了。」母親輕笑了下，看上去十分疲憊，「媽媽我老了，叔叔已經不喜歡我了，但只要你忍耐就沒關係，我們可以繼續待在一起。」

江坤寒頓時無法思考。

他理解了母親的意思，母親並沒有幫助姊姊的打算。

「為……為什麼？」江坤寒的聲音顫抖著。

當時他還不曉得「崩潰」這個詞，不過現在回想起來，那或許是他人生中第一次徹徹底底地崩潰。

母親把江坤寒拉進懷中，嗓音柔和得近乎殘忍，「大人的事，你不用管，但你不能把這件事給說出去，知道嗎？不然你可能會再也看不到媽媽，這不是你想要的，對嗎？」

「不是。」

「那就對了，快回床上睡覺，你明天還要上學。」

江坤寒不想再找空調的遙控器了，他躲回自己的床上，當個安靜的乖小孩。黑暗之中，每個細微的聲響都猶如姊姊的哀鳴，江坤寒不想看到姊姊受傷，可是他也害怕家人被拆散。

他無法形容那晚所見對他造成了怎樣的影響，可是他明白自己的世界開始些微地傾斜，就像屋子的幾根鋼筋斷裂了，美好生活的假象搖搖欲墜。

和骨牌效應一樣，悲劇只要一發生，就會是接二連三。

江坤寒剛上國中的時候，母親便過世了，死因是出血過多。

爲了引起丈夫的注意，他母親花了極多時間打理自己，身體卻還是在歲月的摧殘下出現鬆弛的贅肉。於是有一天她拿起刀，一次又一次地將自己的肉給削下來，直到某日自己昏厥過去，出血過多而死。

據說母親患有嚴重的精神疾病，那陣子她擅自斷了藥，所以釀成悲劇。

據說母親已經持續割肉了一段時間，只是她藏得很好，而丈夫又從不跟她行房，因此沒人注意到她的失控。

據說有不少跡象都顯示出母親病情加重的事實，卻沒有人眞的在乎。

江坤寒聽了許多的據說，但所有流言蜚語都沒告訴他，該怎麼面對這樣一件事。

江坤寒碎裂了，他試著將自己重組，然而被拼湊回去的他已經不是原本的那個他。他開始聽見討厭的聲音時不時地在耳邊尖叫，提醒他那些在他周遭發生的事是怎麼一點一點地積累，最後扭轉他人生的方向。

江坤寒以爲姊姊會跟自己同樣悲傷，可是江依依卻冷靜異常，她注視著母親的遺體，嘴角甚至露出輕淺的笑意。

「妳笑什麼？」江坤寒皺著眉問。

「她終於死了。」江依依抬起頭，瞳孔中失去了靈動的光芒，猶如一潭死水，「這個臭婊子當年跟繼父聯手強姦了我，我一直記得，那樣的噩夢從來沒有離開過我。」

江坤寒望著姊姊，他說不出話，也不懂事情到底是什麼時候變成這樣的。或許在那個夏日的夜晚，他們的軌道就偏離了正常世界，人生變成了一場活生生的夢魘。

見江坤寒不說話，江依依瞇起眼，不滿地問：「怎麼了？你覺得我冷血嗎？還是你當年也是強姦我的共犯之一？」

「不是，我不是！我不知道！」江坤寒慌亂地辯解。

他說謊了，他其實知道的，然而這麼多年來他始終沉默著，說他也是共犯之一並不爲過。

「我想也是，你當年還太小了，也搞不清楚狀況吧。」江依依語帶嘲諷。

「也許我們應該報警。」江坤寒不安地提議。

「報警？你有證據嗎？」江依依抱著胸，冷冷地說，「自從我升上小學後，繼父就停止了對我的侵害，時間已經過去多久了？你要怎麼證明？」

江坤寒一時語塞。

一個陌生的聲音在他的心底尖叫，指控著他的錯誤。

「如果當年你不要沉默，江依依就能得救了。」那個聲音在他耳邊說。

江坤寒抱住頭，蹲在母親的棺材旁邊，痛苦地一遍遍吶喊著：「閉嘴，閉嘴，閉嘴……」

但是從那天之後，他腦袋當中的邪惡聲音就再也沒消失過。

「你……你的意思是，你的腦袋裡一直有個聲音在說話？」莫刑瞪大了眼。

「對，怎麼了嗎？」

「然後你不清楚江依依是什麼時候出現的？」

「對。」江坤寒聳聳肩，似乎早已見怪不怪。

莫刑露出了古怪的表情。他覺得江坤寒有點瘋瘋癲癲的，又覺得這句話似乎不該由他來說，畢竟他也不算個正常人，由他來指責江坤寒奇怪太五十步笑百步了。

而江坤寒敲敲桌子，自顧自地說了下去。

家裡出現了迷蝶。

江坤寒永遠記得那濃烈的氣味，帶著一絲香甜，且薰得嗆人。

江依依的身上總是殘留著那股味道，她神情恍惚的時間越來越多，待在家的時間越來越少。

迷蝶的氣味就那樣深深刻在江坤寒的記憶裡，從此，他不管到那裡都能一下就認出迷蝶的味道，提醒著他最幽暗的回憶。

而繼父發現迷蝶後，氣急敗壞地大罵：「有病，這個家裡的人都是神經病！」

江坤寒頓時怒火中燒，他直接掄起了花瓶，惡狠狠地砸向繼父。

「不許你這麼說江依依！」江坤寒怒吼。

他不敢相信這個造成江依依痛苦源頭的男人，居然還有臉這麼說話。

伴隨著一聲巨響，花瓶在繼父的臉上碎裂，造成了大片傷口。紅色的鮮血從傷口一點一點流出，沿著光滑的額頭蜿蜒而下，看起來簡直像電影特效一樣。

江坤寒拚了命地狂吼：「戀童癖！強姦犯！都是你害江依依變成這樣的！都是你害我們變成這樣的！」

江坤寒的家庭就這麼徹底分崩離析，他和江依依被送到青少年輔導機關住了一陣子。

然後某個夏天的晚上，在迷蝶的氣味當中，江依依消失了。江坤寒猜想她可能死在了某個地方。

畢竟江依依的櫃子裡至少有四、五種以上的毒品，她的手上也有無數針孔，那種程度的用藥量是會致死的。

至於他們的繼父則是走了，他把江坤寒丟給親戚照顧後，便乾脆地離開了。

從那個時候起，江坤寒腦中的聲音漸漸變大了起來，那個聲音不斷評論著他周遭的一切，近乎刻薄地慫恿他復仇。

「殺了繼父會讓你好過得多。」那個聲音總是這麼說。

於是，他試著練習，從殺死比較小的動物開始，然後慢慢換成體型大的生物。

他通常會把動物的屍體埋在後院，或是直接吃掉，爲了避免房東隨便進屋而發現後院的情況，江坤寒還直接買下了自己住的房子。以他的薪水要背房貸頗有壓力，不過他仍是咬牙撐下來了。

他制定了完美的謀殺計畫，可是他發現要處理一個高大男人的屍體並沒有想像中容易，所以他想練習真正地殺個人。

然後，他就在暗網遇見了莫刑。

見到莫刑時，江坤寒一瞬間渾身發顫。

時隔多年，他依舊一下子就嗅出那個氣味。是迷蝶。

江坤寒覺得如果悲劇有個氣味，那就是迷蝶的味道。

聽完江坤寒的過去，莫刑偏著頭，他的表情帶著憐憫，過了半晌才輕輕說了一句：「對不起。」

「你道歉什麼？」江坤寒不禁失笑。

「我不該亂問的。」

「都說了不是你的錯。」江坤寒伸手摸摸莫刑蓬鬆的髮絲，露出微笑，「別聊這個了，快吃吧。」

那溫柔的模樣跟剛剛的故事幾乎連結不上。

莫刑乖乖地點了點頭，安靜地打開便當。

旁邊的收音機還在柔聲唱著「I will love you」。

江坤寒偏頭瞧了莫刑一眼。

他沒說的是，莫刑讓他聯想到了自己的姊姊。

迷蝶的氣味，被強暴時的絕望表情，拜訪莫刑家的那天，他那痛苦的記憶宛若被揭開了，一切都是那麼的熟悉又陌生。

他偶爾會痛恨莫刑，每當他注視著莫刑時，就像看見了自己的過去。有時他甚至想要破壞莫刑，深深地傷害對方、把對方徹底抹除，可更多時候他又於心不忍。他抱著一點點的希望，希望自己能夠拯救莫刑，彌補當年沒有拯救江依依而產生的痛楚。

兩種極端的想法拉扯著他，午夜夢迴之際總是幾乎要將他撕裂。

莫刑的母親則是令他想起了繼父，所以他動手了，在那間昏暗的屋子裡，他感覺脆弱的世界顫動著，他就這麼殺死了那個女人。

雖然這稍微緩解了江坤寒的恨意，但只要繼父還活著，他就沒有能安穩睡去的一天。

腦中的聲音反反覆覆叨念著他的復仇計畫，從那個躁熱夏夜開始歪曲的人生，他花了一生試圖矯正，卻似乎仍只有隨著繼父的死亡才可能回歸正軌。

第五章　糖衣毒藥

柳曉安發覺江坤寒最近不太一樣。

江坤寒以前挺愛玩的，現在待在家裡的時間卻變多了。

這陣子她做了些努力，不斷想辦法跟江坤寒拉近距離，她四處打探江坤寒的訊息，並積極地將自己融入到江坤寒的生活當中。

像今天，她就打聽到江坤寒會去參加聯誼，因此興沖沖地跟著去了。

柳曉安對自己的外表還算有自信，她曉得自己是一般男性會喜歡的類型。長長的頭髮染成淡棕色，一雙眼睛水汪靈動，臉蛋小小的，皮膚白皙，不只如此，她還身材嬌小，容易勾起男人的保護欲。

以動物來形容的話，柳曉安給人的感覺就是兔子，溫順可愛，乖巧得讓人喜歡。

雖然外表無害，不過柳曉安可是聯誼高手，她沒費多大力氣便搶占到了江坤寒身邊，用清脆有活力的嗓音說：「眞巧，在這裡也遇見你。」

「是啊，眞巧。」江坤寒衝著她一笑，僅是平常的一個笑容，卻令柳曉安不由得心跳加速。

「我聽說最近業務部出現很大的人事調動，結果怎麼樣了？」

爲了跟江坤寒搭上話題，柳曉安還打聽了業務部的狀況，以便見面時有話聊。

原以爲江坤寒會向她說明來龍去脈，沒想到江坤寒只是心不在焉地敷衍了一句：「還好，沒什麼事。」

柳曉安頓時冷靜下來。

這麼冷淡的回答，明顯是個不想跟她搭話的不妙訊號。她有點慌了，在聯誼上她鮮少被冷漠以對。柳曉安注視著江坤寒啜飲啤酒的側臉，明明和她距離不到十公分，看上去卻如此遙遠。

她沒有因此放棄，而是用纖白的手指順了順自己的頭髮，再度開口：「你知道……」

「抱歉，我去一下廁所。」江坤寒直接打斷了柳曉安，他擰了下眉，隨後便離開座位。

江坤寒以前挺喜歡聯誼的，連假日都會出門去聯誼，但不見得是爲了認識女孩子。聯誼的地點通常都很吵鬧，周圍許多事情同時發生著，大家喝了酒，在微醺的狀態下總是會做出稍微出格的事，在清醒和迷茫之間，江坤寒就不用去聆聽自己腦中的古怪雜音。

然而現在，聯誼只讓江坤寒感到無限焦躁，他想到莫刑還在家中，或許還在等他帶晚餐回去。

腦海裡響起了那首輕柔的歌曲，一遍一遍地回放著那句「I will love you」。

江坤寒忽然有些心癢，他走進廁所洗了把臉，感覺清醒多了。

他的公事包裡放著莫刑的手機，爲了阻絕莫刑對外的聯繫，他只要上班就會帶走莫刑的手機，家裡的網路全部切斷，電腦設置了密碼，門窗也統統反鎖。

令他驚訝的是，莫刑似乎眞的沒有逃走的念頭，他就這樣乖乖地待在書房，依靠一本又一本的書度過彷彿靜止的寂靜時光。

江坤寒盯著鏡中的自己，他不想承認，可是他想念莫刑了。

他想念莫刑睜著烏黑眼眸抬頭看他的模樣，他想念莫刑因缺乏日晒而蒼白的皮膚，和發紫的嘴唇，還有對方彆扭的每個動作。

爲什麼莫刑的動作看起來都那麼扭捏呢？像是連擺出一個正常的姿勢都使他萬分爲難一樣，如果放莫刑自己一人的話，恐怕是不能在外面生活的吧。

被需要的感覺令江坤寒心跳了一下，聯誼對他而言徹底喪失了吸引力，他只想要回去見莫刑。

他可能是傻了，也可能只是一時的衝動，他說不上來莫刑到底哪裡好，居然讓他願意乖乖回到對方身邊。

江坤寒不懂自己究竟是怎麼回事。

柳曉安正面對著她無法忍受的巨大打擊。

她心中那完美的童話被擊碎了，事實就是江坤寒對她一點興趣也沒有。

她睜大了眼，呆呆地盯著江坤寒留下的半杯啤酒。氣泡在琥珀色的液體中冉冉上升，彷彿正在杯中輕緩舞動，幾滴水珠沿著杯口滑落，就像眼淚一樣。

柳曉安的眼眶忽然微微發酸，但她現在還帶著精緻的妝容，所以不能讓淚水流出來。她抬起頭，望著面前彼此交談笑鬧的人們，笑聲如浪潮一般席捲而來，她感覺自己是個旁觀者，整個人從這個世界抽離了，四周發生的事情都離她非常遙遠。

然後，她注意到了江坤寒放在座位上的公事包。

理智告訴她，她應該就這樣放手了，別再去糾纏江坤寒，然而她依舊抱持著一絲絲的希望，期盼江坤寒可以回心轉意，回過頭來看看在原地等著的她。

柳曉安很不甘心，於是糾結了數秒後，她還是伸出手，迅速探進江坤寒的公事包裡，撈出一個物品。

那是一支手機，外殼是黑色的，機型相當老舊，似乎已經使用了很久，其中一角還被敲碎了。柳曉安吃了一驚，認爲自己中了大獎。

只要有了這支手機，她就能得到更多關於江坤寒的資訊了。這個可能性使她飄飄然的，甚至可說是有些亢奮。

柳曉安匆忙將手機塞進自己的隨身包包，她感覺沒那麼糟了，靈魂又回到了這個世界，她啜了一口自己點的水果蘇打，心情頓時好了起來。

江坤寒過沒多久就回來了，他提起公事包，抬眸瞥了眼柳曉安，簡單地留下一句話：「我先回家了。」

「明天見！」柳曉安在江坤寒身後喊著，江坤寒似乎沒聽見，就這樣逕自出了店門。

江坤寒滿腦子都被莫刑給塞滿了，他深吸一口氣，按捺住躁動的情緒，在昏暗的路燈下叫車回家。

門口傳來清脆的門鎖開啟聲，原本端著書本快睡著的莫刑立刻醒了。

急促的腳步聲從樓下迅速地越來越接近，莫刑抬起頭，目光正好跟匆匆進門的江坤寒對上。

江坤寒的表情好像有點不自然。

他。

莫刑歪著頭，只見江坤寒快步走了過來，在他面前蹲下身子，然後伸手抱住了淡淡的菸酒氣味竄入鼻腔，莫刑覺得這一刻時間似乎凝滯了，周圍的一切像是慢動作播放一樣，深深地烙印在他的視網膜上。

莫刑的心跳很快，呼吸也很急促，但他不敢動。江坤寒染成深棕色的髮絲貼著他的臉頰，有點癢。他明顯地感受到對方身體的溫度，以及每一次呼吸所帶來的身體起伏。

「我回來了。」江坤寒靠在莫刑的肩膀上耳語。

「歡迎……回來？」莫刑緊張地壓抑著嗓音。

「聽著，莫刑。」江坤寒跟莫刑拉開距離，一字一句地緩緩說道：「我想要信任你，你值得我的信任嗎？」

莫刑毫不猶豫地點了點頭。

「我想要把你的鐵鍊延長，這樣你就可以在屋內四處走動，但我還不能眞的放你出去，因爲……因爲……」江坤寒遲疑了下，扯了個理由，「因爲我擔心你的毒癮還在，一出去又會復發。」

這是一句謊言。

戒毒確實不如想像中容易，雖然莫刑已經沒有了戒斷症狀，復發率依舊非常高，然而這並非江坤寒不放他出去的主因。

腦海裡的詭異聲音大笑著，嘲諷江坤寒：「你怕莫刑一出去就不再回來了。」

「閉嘴。」江坤寒敲著腦袋。

「你不是要殺了他嗎？現在反悔了？你要讓這個小毒蟲帶著你的祕密活下去？」那個嗓音狂吼。

「閉嘴！」江坤寒再度低喝一聲，表情猙獰。

莫刑嚇得渾身一顫，江坤寒有時會突然露出恐怖的一面，他總是猝不及防。見到莫刑擔憂的模樣，江坤寒嘆了口氣，轉而輕聲道歉：「抱歉，我剛剛不是在跟你說話。」

莫刑眨了眨眼，小聲地問：「是在跟你腦中的聲音說話嗎？」

「對，別放在心上。」江坤寒語氣無奈，繼續說下去，「我需要多了解你，這樣我才能信任你。你願意跟我說些自己的事情嗎？」

莫刑點點頭，卻好半晌一言不發。

「怎麼了？」江坤寒詢問。

「我不知道……該說什麼……」莫刑又有些無措。

「那我問你，你來回答吧。」

「嗯。」

「你爸去哪了？我去了你家兩次都沒看到他。」江坤寒拉了把椅子過來，坐在莫刑面前。

「我不曉得，我媽是未婚懷孕，她的男友拋棄我們了。」莫刑緊張地扭著手。

「然後呢？」

「然後……然後我媽染上了毒癮，一缺錢她就會去賣淫，心情不好時就會揍我，但我會哭，所以她就給我迷蝶，讓我安靜。」莫刑整個人縮了起來。

莫刑討厭那樣的日子，他記得母親曾對著他大吼大叫：「都是你的關係，要不是帶著你這個拖油瓶，我早就改嫁了！」

莫刑很難過，他經常獨自縮在角落，一遍又一遍地說：「對不起。」

他覺得當初如果自己能被墮掉就好了。

在那樣的環境裡，莫刑的精神狀況無比衰弱，他的身上總帶著詭異的傷口，因此必須穿長袖上學。不但學習的成績不好，而且不時會憂鬱地在半夜哭泣。

他的抽泣聲聽在母親耳裡只是令人煩躁的雜音，還會打擾到母親接客，鬧得大家都不愉快。

而迷蝶讓他終於在飄飄然的幻境裡，止住了眼淚。

「等等，你說，你媽從那時候開始就讓你吸毒？那時候你多大？」江坤寒震驚地問。

「應該是……剛升上國中？」莫刑摸上自己的臉，不自在地捏著自己的皮膚。

江坤寒頓時怒火中燒。

「我很慶幸自己殺了她。」江坤寒冷冷地說，「你吸了毒是要怎麼去上學？」

莫刑乾笑了幾聲。

他還眞的辦到了，在學校裡他始終是個怪異的孩子，但從來沒有人關心。

有些人就是會被埋沒在人群之中，連老師都沒注意到他的反常，只覺得他奇怪。他焦慮時會拔自己的頭髮，後來他的頭上被自己拔禿了一小塊，看上去十分可笑，卻不曾有人跟他說過。很久之後，他才無意間在鏡子中發現了這點。

莫刑輕聲說：「其實上了高中後，她就沒再叫我去賣了，因爲我媽覺得讓我出去打工比較穩定，也不會有接不到客人的時候。」

「結果呢？」

「結果我到處打零工，還從高中輟學了，可是薪水其實並不穩定。」莫刑尷尬地掐著自己的手臂，在上面留下幾道紅色的指印，「前陣子在公司當助理已經是我能找到的最好的工作了，可惜我還是搞砸了。」

「那不是你的問題，你是因爲被困在家裡才不能去上班的。」

「對，因爲當時家裡的錢花完了，我媽恐怕是被逼急了。」莫刑短促地一笑，神情窘迫。

江坤寒長嘆一口氣，低聲說道：「我們兩個很像，你不覺得嗎？」

「嗯？」莫刑茫然地應答，他從沒想過自己跟江坤寒相似。

「人生眞是瘋狂。」江坤寒嘴角帶笑，眼底卻藏著深不見底的憂傷。

他忽然對莫刑產生了親近感，他們都是怪物，以扭曲的姿態在社會中苟延殘喘，假裝自己跟普通人無異。

或許這個世界上還有許多悲劇底下產生的怪物，只是他們藏起來了。他們試著披上人類的外衣，發出人類的聲音，期待自己能夠因此進化成人。

江坤寒驀地鬆了一口氣，他終於不需要遮遮掩掩，可以直接卸下自己的外殼，讓莫刑去碰觸裡面的傷口了。

在莫刑的注視下，江坤寒走進浴室，再度把鐵鍊鬆開，放到了最長。這下莫刑可以走到一樓了，甚至可以踏入廚房，唯獨沒辦法到玄關去。

江坤寒返回莫刑面前，又一次蹲下身，捏住莫刑的下巴，「這是我對你的信任，你絕對不可以背叛我。」

些許興奮爬上莫刑的背脊，他連忙點頭。

莫刑發覺自己陷入了非常不妙的依戀情緒，然而他並不想逃脫。江坤寒對他的溫柔是一顆包裹著糖衣的毒藥，讓莫刑心甘情願地待在囚籠當中。

他該逃跑的，但他不想，於是就這樣一點一點地向下沉淪，直到再也逃不出這脆弱得彷彿一戳就破的幸福假象。

江坤寒努力不去思考這幾個月裡發生了什麼事。

他回家後習慣先去找莫刑，抱他一下，然後兩人坐下來一起吃晚餐。有時聊天，有時靠在一起看電影，有時就安安靜靜地做各自的事情。

這樣的生活親密得詭異，江坤寒努力克制著，避免讓他們的關係再升溫。這太怪了，莫刑是他綁回來的人，如今他卻有一種即將玩火自焚的預感。

江坤寒無法解釋，可是他之前交往過的女友們都沒給過他這種平靜，他腦袋裡的雜亂聲音終於歇停了。

週末江坤寒多半起得很晚，星期天他一路賴到了下午兩點才從床上起身，然後一邊打呵欠一邊慢悠悠地晃到書房。

莫刑不意外地待在書房內，抱著那隻白貓，頭慵懶地偏向一側。雖然隔著一層窗簾，金色陽光依舊穿過了窗戶縫隙，在莫刑身上留下深淺不一的光痕。

察覺到有人走進房間，莫刑抬起頭，他蓬鬆的髮絲微微滑動，烏黑的眸底映著陽光斑斕的痕跡。

「早。」莫刑鬆開手，跛腳甩著尾巴一瘸一拐地離開。他對江坤寒淡淡勾起一笑，在他身旁的收音機仍在反覆唱著那句「I will love you」，就像在替莫刑的問候配上輕柔的伴奏。

對上眼的那刻，江坤寒的內心忽然有什麼東西爆發開來。江坤寒覺得自己完了，他再怎麼掙扎著欺騙自己也沒有用了。

這樣的形容或許十分廉價又可笑，但在電光石火之間，江坤寒驀地發現自己是多麼地渴望著莫刑。

他不清楚是從什麼時候開始的。或許是從他決定帶莫刑回家的那刻，或許是他們一同去遊樂園時，或許是在更早以前，當他處心積慮地想要跟莫刑成爲朋友時。

他對莫刑始終抱持著微妙的特殊情感，卻從來說不出那是不是愛。

江坤寒的心臟彷彿被捏住了，手腳不再是他自己所能控制的，他在感情中本來就不是個會拐彎抹角的人，壓抑已久的情感驅使他走到莫刑面前，用手指輕輕碰觸莫刑的臉頰。

「嗯？」莫刑放下書，蒼白的小臉上滿是不解。

江坤寒蹲下身，一隻手扶住莫刑的後腦勺，隨即溫柔地吻了上去。

唇瓣相接的柔軟令莫刑驚得睜大了眼，但他沒有拒絕江坤寒，反而逐漸習慣了那濕潤的觸感，甚至慢慢地變得興奮，喜歡起了口腔被侵入的感受。

在細碎的親吻過後，江坤寒開始卸去自己的衣物，莫刑也萬分緊張地跟著解開鈕扣。

莫刑其實有些擔心，他的身上留有許多傷痕，有的傷疤相當怵目驚心。他遲疑了下，緊接著一咬牙，乾脆連內褲也脫了，跟衣服一同丟在地上。

江坤寒像是一頭飢餓已久的野獸，他直接將莫刑給抱了起來，壓在木質地板上。他啃咬著莫刑的頸子，留下粉色的細小牙印，莫刑身上乾淨的氣息是最好的催情素，點燃了他的慾望。

被江坤寒碰觸過的皮膚如燃燒一般滾燙，莫刑攀住江坤寒的背部，張開雙腿，感覺到江坤寒硬挺的下體進入自己的後庭。由於並未經過潤滑和擴張，莫刑起初痛得屏住了呼吸，指甲嵌進江坤寒的背肌，留下幾道抓痕。

在強烈的疼痛之中，莫刑居然依舊興奮無比，跟江坤寒結合的滿足感使他努力承受著那種不適，咬著牙只洩出隱忍的呻吟。

綁在腳上的鐵鍊發出細微的碰撞聲，提醒著江坤寒他正在占有莫刑的事實，並將他一點一點地推向失控的邊緣。

隨著江坤寒一下下的撞擊，快感也逐步占據了莫刑的身心，他的呻吟從痛苦轉爲愉悅，陰莖高高昂起，江坤寒的衝撞像一個個烙印在他體內的吻，塡滿了他長久的空虛。

莫刑抓著江坤寒染成深棕色的髮絲，他們在急促的呼吸間接吻，他放棄了忍耐，讓一聲聲歡愉從唇角溢出。

莫刑纖細的雙腿纏上江坤寒的腰側，整張臉因快感而泛紅，江坤寒則用手環住莫刑的背部，臉埋在莫刑的髮絲當中，貪婪地汲取莫刑身上的氣味。

腦中殘留的微弱理智告訴江坤寒他瘋了，明明外頭有各色各樣的人，他卻偏偏要莫刑。

可是江坤寒不想管了，他放慢了抽插的速度，撐起身凝視莫刑，兩人的鼻尖幾乎要碰在一起。

天氣不算熱，但莫刑的臉龐因激烈的動作冒出了細小的汗珠。他半瞇著眼，微張的薄唇輕吐熱氣，挺立的陰莖隨著江坤寒的每次撞擊顫動，畫面既情色又無比撩人。

江坤寒親吻莫刑的額頭，靠在莫刑耳邊說了一句：「你的身體太棒了。」

這一瞬間，莫刑以為自己的心跳差點停止，他顫抖著，在江坤寒加速的衝撞之下攀上顛峰。他仰起頭，身體拱出一個弧度，陰莖射出黏稠的濁白液體，飛濺在自己的小腹上。

莫刑覺得有點丟臉，他居然因為江坤寒的一句話就高潮了。

所幸江坤寒也沒繼續堅持太久，他猛烈地擺動腰桿，沒多久就在絕頂的快感中射進莫刑溫暖的體內。

莫刑注視著江坤寒抽離自己的身體，坐到自己的左側。

下午傾斜的陽光映得江坤寒的側臉微微發亮，幾縷髮絲貼在他的前額，駝著背的身軀殘留著方才激情的痕跡。

音響依舊在反覆低吟那句「I will love you」，外頭傳來風搖動樹梢的細碎聲響，莫刑聞到書房中的香氣，是紙張混合著木頭的氣味。

他抬起手，看了看自己曾經受過的傷，在這份安寧當中，莫刑忽然對那些痛苦和暴力短暫地釋懷了。

江坤寒簡單地洗完澡，來到了廚房。

他打開廚房的燈，接著開啟身旁的櫥櫃。

櫥櫃裡塞滿了一籠籠的動物，一見櫃門開了便四處奔逃尖叫，驚慌至極。

江坤寒蹙了下眉，無措的動物們令他再度煩躁起來。

或許他不需要殺掉這些動物了，反正他一開始只是想把殺死動物作爲練習，現在他都殺了個女人，已經夠了吧？

他的思緒陷入混亂，安靜了許久的聲音又在腦中不斷地呢喃：「爲什麼不殺呢？你喜歡的，對嗎？」

「不，不是的。」江坤寒反駁，他的表情扭曲，黑暗的念頭似乎滲出了他的身體，掩蓋了他的視線。

「騙子，其實你喜歡的。你喜歡血沾在手上的感覺，你喜歡支配，完全的支配，連生命都難逃你的支配。」

「閉嘴。」

「你喜歡的，我知道你還喜歡那個叫莫刑的傢伙，但你該殺掉他的，你要封住他的嘴，記得嗎？看來你又搞砸了。」

「閉嘴，不是這樣的。」江坤寒憤怒地槌了一下流理臺，巨大的聲音驚動了櫃子裡的動物們，引來一陣因逃竄而產生的雜亂碰撞。

「哦，你該殺死他的，你還記得自己對莫刑做了什麼嗎？你強姦了他，還殺了他媽。你以為他是喜歡你才跟你做愛的嗎？不，他只是太怕了，所以才沒有反抗。」

「閉嘴！閉嘴！閉嘴！」江坤寒抱住腦袋，他不曉得自己有什麼問題，可有時候他就是會做出可怕的事，宛如無法控制自己一樣。

「你知道該怎麼讓我閉嘴。」腦袋中的聲音笑著，低沉的嗓音訴說著最殘忍的詛咒。

江坤寒打開鳥籠，從裡面抓出一隻愛情鳥，然後用力捏住牠的頭，折斷了頸骨。這還不能讓腦中的聲音停下來，因此他又拎出了另一隻愛情鳥，抓著牠瘦小的身子往流理臺上砸，直到小鳥終於斷氣為止。

腦袋裡狂笑的聲音逐漸安靜下來，江坤寒低頭看了看自己手中的鳥兒，無力地一嘆。

他覺得很糟，這或許是他殺死動物後，第一次如此強烈地體會到罪惡感。江坤寒將兩隻愛情鳥並排放在流理臺上，忽然極度的難受。

「我不該這麼做的。」他深吸一口氣，用手輕碰冰冷的小鳥屍體，「我該停下來了。」

「你不能停下來。」那個聲音耳語著，「你還沒殺死繼父，他是你所有痛苦的根源，對吧？你忘記江依依了嗎？你要為她復仇。」

「別吵。」江坤寒拍了拍自己的腦側，手上的血在髮絲印下了幾抹鮮紅。

「你怎麼可以忘記！這是你當初的承諾！去復仇！」

「閉嘴！」江坤寒終於按捺不住，對著空蕩蕩的廚房怒吼出聲。

聽見奇怪的吵鬧聲和江坤寒的自言自語，莫刑拖著鐵鍊，小心翼翼地步入廚房。他怯生生地來到江坤寒身後，在看見流理臺上的一片狼藉後，明白了情況。

莫刑一瞬間表現出了恐懼，他記得江坤寒是個喜怒無常的人，而眼前的江坤寒正表現出自己最殘暴的那一面。

鐵鍊拖曳在磁磚地上的清脆聲響，令江坤寒回過頭去。見莫刑飽受驚嚇，他努力地想要擠出微笑，牽動嘴角後卻只露出一個扭曲的奇怪表情。

莫刑鼓起勇氣走到江坤寒身邊，他盯著脖子被折成怪異角度的愛情鳥，以指背撫摸牠們的頭，小聲地說：「不痛不痛了。」

江坤寒凝視著莫刑的側臉，莫刑這陣子氣色好很多了，雖然身子依舊單薄得搖搖欲墜，至少有了血色，而且嚴重的眼窩凹陷和黑眼圈也漸漸消失了。

把莫刑囚禁在家的頭幾天，江坤寒始終擔心他會逃跑，可是莫刑意外地沒這麼做。他乖得不像話，似乎連電腦的登入密碼都不曾試著去破解，也沒有企圖切斷或解開鐵鍊的跡象。

江坤寒忍不住問道：「你為什麼不逃走？」

「逃走？」莫刑不解地抬頭看他。

「從我身邊逃走，你不怕我連你也一併殺了嗎？」江坤寒指著自己。這個問題很蠢，他的動作也很蠢，但話已經收不回來了。

「因為……我不知道要逃去哪……」莫刑茫然地說。

他在這裡其實挺好的，說不定是他人生當中最好的一段時光，衣食無缺，還有一個跟他一起生活的人，跟之前那苟延殘喘的日子相比簡直是天壤之別。

「除此之外呢？」江坤寒不確定自己究竟想要得到什麼樣的回答，不過他仍是追問了下去。

莫刑緊張地抓著流理臺的一側，用幾乎聽不見的音量低語：「可能還因為……我不想離開你……」

「你說什麼？」

莫刑句子的後半段太過含糊，直接消融在空氣中，江坤寒沒聽清楚，立刻追問。

「我說，我或許……就是……想跟你繼續待在一起？我不想離開你。」莫刑躊躇地說，嗓音帶了一絲慌亂。他從沒說過這種話，就算他有過喜歡的人，也從來不曾說出口。

江坤寒花了一些時間才意識到，這是一句告白。

他的世界驀地安靜下來，腦中細碎的邪惡聲音慢慢消失，被另一種柔軟的情緒給取代。

他第一次感覺自己戰勝了腦內的雜音，他證明了那個邪惡的聲音錯了。他整個人破碎又扭曲，手染鮮血，然而在那樣的地獄當中，有人願意愛他。

江坤寒伸出手，將莫刑摟進懷裡，忽然有點想哭。他已經很久沒有這樣的情緒了。

莫刑靠在江坤寒的胸口，他能聽到對方的心跳聲，離他那麼的近，跳得飛快而強烈。

「你不是騙我的吧？你千萬別騙我。」江坤寒的聲音微微發顫，莫刑沒見過他這副模樣，脆弱得像是隨時會破碎。

莫刑搖搖頭，他伸手回抱著江坤寒，一句話都沒說。

幾天後，江坤寒解開了莫刑腳上的鐵鍊，並給了他一支新手機，以及一套面試用的白襯衫和黑西裝褲。

江坤寒前幾天想要把莫刑的舊手機給找出來，卻怎麼樣也找不到，他猜想自己恐怕是不小心把手機丟在某個地方了，因此索性直接買了一支新的。現在莫刑的手機通訊錄中，就只有他一個人的名字。

見到這些東西，莫刑並不顯得開心，反而陷入了慌亂。他坐在床上，嚇得睜大了眼，不安地問：「我……被趕出去了嗎？」

「傻子，沒有，誰說要趕你走了？」江坤寒笑了笑，從後面環住莫刑，親了一下莫刑的後頸，「這些是要讓你出去找工作用的，我確認了你的銀行帳戶，裡面只有幾千塊而已，這陣子一直都是我單方面地在資助你，說白一點就是在養你。」

「對、對不起……」莫刑一下子尷尬起來。

「沒關係，我沒有要你還我，只是覺得你也該存點錢，對你之後比較有幫助。」

「之後？」

「你有沒有想過要回學校讀書？如果有錢的話，也許就有機會，說不定你可以找到一個喜歡的專業，也能得到更好的工作機會。」江坤寒解釋。

莫刑的眼睛頓時亮了，許許多多的可能性從他的腦海掠過，他想到了「未來」這個詞。

他發現自己居然開始期待起未來。

看著莫刑興奮的模樣，江坤寒不禁跟著微笑。

窗外正在下雨，雨點敲打在玻璃上的聲音，宛若一首沙啞的歌。

江坤寒把頭靠在莫刑肩上，他咬了一口莫刑的頸側，之後大膽地悄悄把手探入莫刑的內褲，搓揉起陰莖。

被這樣一碰，莫刑很快就硬了，他靠在江坤寒懷中，喘息越來越激烈，並感覺到江坤寒的下體正頂著自己，這讓他興奮得臉頰泛紅。

「我給了你自由。」江坤寒緊緊抓住莫刑的腰，加大揉捏的力道，語氣近乎狂熱，「別因爲這樣就離開我，永遠不要離開我。」

江坤寒不太確定這是他說過最浪漫的告白，還是最惡毒的詛咒。

莫刑咬住自己的手指，很快迎來了高潮。他的小腹激烈收縮，喉結隨著細小的哀鳴而顫動。

江坤寒抽了幾張面紙，把濺到手上的精液擦掉，緊接著，他一轉身將莫刑壓倒在床上，認眞地說：「以後你別睡客房了，過來這裡，反正我的床夠大。」

沒等莫刑回答，江坤寒又湊了上去，開始了下一輪的前戲。

江坤寒十分滿足，他破碎的那一塊像是被修復了，腦內的狂躁和黑暗一點一點地減少，纏綿相伴的溫柔脹滿了他的胸口。

那個殘暴的他似乎消失了，留下了平凡的江坤寒。

如果可以，平凡的江坤寒希望平靜的日子可以永遠持續下去。

第六章　滿天星

最後，莫刑被附近的花店錄取了，職位是工讀生。

店裡的人不多，算上店長也只有三個，他的同事是個比他小兩歲的女大學生，說話直率，個性很好相處。莫刑不知道她的本名是什麼，店長都叫她Sunny。

花店的生意不太好，時常半個客人也沒有，而店長有其他事業，所以也很難見上一面，大多時候都只有Sunny和莫刑兩人待在店裡。

莫刑不擅長與人交流，因此總縮在倉庫整理東西，一整理就是幾個小時。

「你知道自己像什麼嗎？」Sunny有天幫忙叫便當時，忍不住向他搭話。

莫刑抬起臉，茫然地搖了搖頭。

「含羞草。一碰你就縮起來了，還喜歡陰暗潮濕的地方。」Sunny認眞地表示。

莫刑彆扭地笑了起來，低聲說：「我不喜歡陰暗潮濕的地方。」

陰暗潮濕的地方會讓他想到自己以前的家，那香甜而危險的迷蝶氣味，以及深入骨髓的怨恨和無力深深地刻在他的靈魂，好似無法除去的刺青。

Sunny不滿地插腰反駁：「最好是，你一天到晚窩在倉庫，還說自己不喜歡。」

「不，這只是我的習慣而已。」

「你怕和人說話嗎？」

「嗯，有點……」

「我跟你說，沒什麼好怕的！你想講什麼就大聲講出來，先別去顧慮別人怎麼想，懂嗎？」Sunny拍了下莫刑的肩膀，爽快地說：「而且你又不需要怕我，我不會對你怎麼樣的。不然這樣好了，下午我帶你認識一下這附近的植物，順便熟悉一下我。」

「嗯。」莫刑囁嚅著。

「什麼？大聲點，說清楚。」

「好！」莫刑提高了音量。

「這就對了！你看，也沒那麼可怕，對嗎？」Sunny露出親切的笑容，她的笑像是有感染力一樣，令莫刑緊繃的心情漸漸放鬆了下來。

莫刑很羨慕Sunny這樣的人，率眞得可愛，可以毫無顧慮地跟人交流，而且討人喜歡，獨立生活也能活得燦爛。

過沒幾週，莫刑就發現自己眞的找對了工作，花店的職位簡直不能更適合他了。植物不會吵吵鬧鬧地評價他，不會因爲他的怪異而疏遠他，更不會對他表露出邪惡的意圖。

Sunny幫莫刑申請了一個社群帳號，讓莫刑可以在上面發些照片，大部分都是拍店裡的花草。

靠在結帳的櫃檯邊，Sunny滑著手機，吐槽了莫刑一句：「你發的照片也太多花草了吧？你園藝系？」

那是一個玩笑，但莫刑沒聽懂，只能困窘地回應：「啊，不，我……我沒讀過大學。」

「欸？沒讀也好啦，我讀了兩年國際關係，浪費錢，我告訴你。」Sunny長嘆了一口氣。

「不過我……我還挺想去讀大學的。」莫刑羨慕地說。

「你想讀什麼？」

「嗯……」莫刑偏著頭，不安地問：「妳剛剛說的那個系？」

「園藝系？你還真的想讀園藝啊？」Sunny不禁笑了起來，嗓音明亮輕快，「你真是個很特別的人。」

「怎麼了？園藝系不好嗎？」莫刑又開始緊張。

「不會啊，這個世界上沒有好的系和不好的系，就只是你喜不喜歡而已。」Sunny一揮手。

「那妳怎麼不讀自己喜歡的系？」莫刑忍不住笑了，拿著澆花器往旁邊的一盆茶花上灑水。

Sunny又嘆了一口氣，「因爲啊，我不知道自己喜歡些什麼，就隨便選了一個系，反正先拿了大學文憑再說。」

「原來。」莫刑笑出聲來，他抬起頭，見到外頭天色黑了，已經逼近下班時間。他喜歡這份工作，眞心的喜歡。這裡大多時候都相當平靜，Sunny人很好，時常帶給他溫暖，讓他一點一點地回歸了正常社會。

莫刑放下澆花器，回頭瞧了一眼Sunny，微笑著說了句：「可以下班嘍。」

「那當然，我半個小時前就收好東西了！」Sunny迫不及待地抓起外套，「你今天也搭公車回家嗎？」

「啊，不，我室友會順路來接我，所以妳先走吧，我來關店。」莫刑又微微笑了下。

「老聽你說室友室友的，我看根本是男友對吧？哎，眞是閃瞎我這隻單身狗了。」Sunny抓起背包，豔羨地搖了搖頭。

莫刑沒回答，只是掛著淺笑對Sunny揮揮手，道了聲再見。

其實莫刑沒有去細想過，他跟江坤寒現在到底算什麼關係。

但他們會相擁、依偎著入睡，會一起吃晚餐、躺在沙發上聊天，有時享受著夜裡的歡愉，或許這就算是愛了。

莫刑不太清楚愛的定義，他不知道正常交往的狀態該是什麼樣子，只能在一次次激情的狂熱當中，猜測愛情該有的模樣。

又或許他根本就不該去猜測愛情是什麼模樣。

江坤寒將車開到花店門口，遠遠地就瞧見佇立在路燈下的莫刑。

他的心底有一絲絲甜膩滲出來，感覺冰冷的部分被填滿了，既溫暖又滿足。

他輕按了兩下喇叭，看著莫刑捧著一盆白色的滿天星坐進車子裡。

江坤寒挑了挑眉問：「你要帶這盆回家？」

「我想放在書桌上，會很好看的。」莫刑回答。

江坤寒伸手摸了摸莫刑烏黑的髮絲，莫刑最近笑容變多了，話也變多了，他覺得這樣挺好。

他把手收回來，淡淡說了一句：「等等我要先繞到公司那邊，我有資料放在公司了，必須過去拿。」

莫刑點了下頭，路燈的昏黃光線打在江坤寒的臉龐，令他臉上的光影隨著車子前駛變幻著。明明是十分普通的景象，莫刑卻不禁有些看呆了，一路上都移不開眼。

大約十分鐘後，他們抵達公司門口，江坤寒解下安全帶，「你要跟來嗎？」望著已經好幾個月沒進去過的前公司大樓，莫刑吞了口口水。他其實並不想接近那邊，可是他更不想獨自留在車裡。

於是莫刑也下了車，跟著江坤寒進入公司，來到業務部的樓層。半夜的公司跟平常看起來不太一樣，四周很靜，腳步聲在走廊上形成綿延不斷的迴響。江坤寒沒有開燈，窗外的路燈光線就夠亮了。

江坤寒掏出鑰匙，打開辦公室的門，俐落地走到自己的座位，取走需要的一些資料。

莫刑佇立在一旁，他忽然聽見了細小的聲響，似乎是人的說話聲，一陣一陣地從不遠處的會議室傳來。

愣了一下，莫刑拉拉江坤寒的衣角，微弱地說：「那裡面好像……」

「噓。」江坤寒摀住莫刑的嘴，然後緩緩走近會議室門口，將門拉開一條縫。

會議室裡面有兩個交疊著身體的男人，他們靠在桌邊，被壓在下面的男人褲子和內褲都被褪到地上，正難以克制地呻吟著。

沒有任何其他可能性了，他們正在做愛。

莫刑差點就要驚呼出聲，卻立刻被江坤寒給摀住了嘴。江坤寒露出一個壞笑，把手伸進莫刑的褲子裡，開始搓揉，讓莫刑的陰莖在自己手中迅速脹大。

莫刑嚇得渾身都僵住了，但同時又難以自抑地興奮著，這種偷情般的刺激他根本招架不住。

江坤寒拉開自己褲檔的拉鍊，掏出發硬的肉棒，用難耐的聲音說：「幫我含住。」

飽含情慾的飢渴嗓音讓莫刑像是被蠱惑似的緩緩蹲下，張口含住了江坤寒的下體，小心翼翼地吞吐。

「好，很好。」江坤寒滿意地讚美。他喜歡自己的陰莖摩擦著莫刑濕潤口腔的觸感，那是一種親密而深層的獨占。

感覺到江坤寒的氣息在自己的口中四溢，莫刑非但不排斥，反而因此更加亢奮。他仔細地舔舐江坤寒的肉棒，讓江坤寒發出粗重的滿足喘息。

半晌，江坤寒終於再也無法克制自己的衝動，他扯住莫刑蓬鬆的髮絲，迅速地撞擊了幾下口腔深處，最後嘶吼著射在了莫刑嘴裡。

在這種情況下，莫刑別無選擇，只能吞了下去。微腥的氣味充斥了他的口腔，令他一時間有些恍惚。

江坤寒低下頭，發現莫刑的褲子外面有一小片濕掉的痕跡，頓時訝異地低聲問：「我沒碰你，你也射出來了嗎？」

莫刑難堪地點點頭，見他似乎又因此慌張了起來，江坤寒安撫地摸摸他的頭，將他從地板上拉起。

「我們回去吧。」江坤寒說著，拉住莫刑的手臂往外走。

離開前，江坤寒瞄了一眼會議室中還在瘋狂做愛的兩人，忽然有種怪異的感覺，「同性戀」這個詞竄進他的腦海。

走在走廊上，江坤寒看著身邊的莫刑，忍不住問道：「莫刑，你是什麼時候知道自己是同性戀的？」

莫刑渾身一震，擔憂地回望江坤寒，「爲什麼……問這個？」

「我只是好奇，你別緊張。」

「就是……青少年的時候吧，其他人都有喜歡的女孩子了，我卻對女孩子沒興趣，反而覺得坐在我隔壁的男同學很有魅力。」莫刑短促地笑了一下，反問：「你呢？」

江坤寒沉默了數秒，才淡淡地說：「老實說，在遇見你之前，我從不覺得自己是同性戀，我只跟女孩子交往過。」

「嗯？」莫刑訝異地睜大了眼。

「對，但我還是想跟你待在一起，這樣很怪，對嗎？」

莫刑搖搖頭，他靠向江坤寒，給了他一個淺吻，溫柔地說：「不怪。」

回程的路上，江坤寒想起了一件事，一件小事，卻始終記在心裡的事。

國中的時候，他曾經認識一個叫做陳約瑟的人。

對方大概是個混血兒，所以名字取得也非常中西合璧，乍看還以爲是藝名。陳約瑟在班上十分惹眼，他從不好好穿制服，服儀總是亂七八糟，面對什麼都帶著漫不經心的態度，也沒什麼朋友。江坤寒恐怕是唯一一個願意跟他說話的人，倒沒有什麼特殊原因，只是因爲他們的學號連號，所以坐在隔壁，而陳約瑟常抄他的作業。

對於被抄作業這件事，江坤寒完全不介意，反而還因此漸漸開始和陳約瑟交談。他們意外地合得來，一段建立在抄作業上的友情就這樣展開，沒人預料得到。

只不過像陳約瑟這麼與眾不同的人，在學校就是被找碴的對象，而江坤寒身爲他的好友，也自然被盯上了。

某天下課，江坤寒被班上其他同學叫住，一群人圍了上來警告他：「以後不要接近陳約瑟，也不要再跟他說話。」

「爲什麼？」江坤寒背起書包，萬分不解。

「我上次看到他在上課時偷看A書。」一個同學神神祕祕地說。

江坤寒擰起眉，不解地問：「那又怎樣？很多人都會看啊。」

「不不不，我看到他在看都是男人的A書，我猜他是同性戀，同性戀！」

同學們笑了起來，不斷重複著「同性戀」三個字，彷彿那本來就是個笑話。

江坤寒還是不明白，他滿臉困惑，「所以呢？同性戀怎麼了？」

「同性戀很怪！他們喜歡跟自己一樣性別的人！」另一個同學大聲地說，「我爸說，男人跟男人在一起不好。」

不知是誰丟出了一句「噁心」，孩子們開始嬉鬧著假裝嘔吐，各種嘲笑的話語猶如一根根尖銳的針，深深地扎入江坤寒心底，撼動他的世界。

江坤寒歪著頭，他不太清楚同性戀是什麼樣的概念，不過既然大家都這麼說，那恐怕就是不好的吧。

於是他答應再也不接近陳約瑟，從隔天開始便拒絕借陳約瑟作業，也不再跟對方說話。

江坤寒注意到有人開始故意叫陳約瑟「娘炮」、「臭gay」，他將這些霸凌行為都看在眼裡，卻默不作聲。

陳約瑟仍是一副無所謂的樣子，然而霸凌日漸加劇，直到有一天，陳約瑟在上學途中莫名被拖進小巷子裡，整個人被打到骨頭斷裂，站都站不起來。

江坤寒到了學校後，聽見坐在隔壁的同學得意洋洋地大聲說著這件事：「我們把那個死同性戀的褲子脫下來拍照，再把他打了一頓，現在他可能還在那條巷子裡面！活該！」

這一刻，江坤寒驀地怒火中燒，他一個轉身，把自己的鋼杯往同學臉上用力砸了下去。

伴隨著一聲巨響，那個同學的嘴角滲出鮮紅的血液，四周忽然靜了下來，原本在聊天的其他同學頓時散開，個個露出驚恐的表情。

江坤寒沒有就此罷休的意思，他走到那位同學面前，揪住對方的領子，憤怒地問：「他在哪裡？」

同學痛得幾乎說不出話來，於是江坤寒將人拉得更近了些，對著他的臉大吼：「約瑟在哪！」

「在、在水旋巷那邊！」同學嚇得臉色發白。

江坤寒這才鬆開手，拉起書包。走出教室前，他回頭瞧了一眼嚇哭的同學，冷冷罵了一句：「垃圾。」

他還是不清楚同性戀這個概念，可是他不想要朋友受傷。那瞬間他忽然對自己非常失望。

水旎巷離學校不遠，江坤寒偷偷翻牆出了校園，直奔小巷，才走進去不久就發現了倒在垃圾堆旁的陳約瑟。

江坤寒放下書包，小心翼翼地走到陳約瑟身邊，看著對方被打到發腫的臉頰，低聲說了句：「嘿。」

陳約瑟偏頭對上江坤寒的視線，半瞇著眼睛回應：「你怎麼來了？不排擠我了嗎？」

「對不起。」見到陳約瑟身上深深淺淺的傷痕，江坤寒皺起眉。

「江坤寒，你傷我傷得很深。」陳約瑟嘆了口氣，摸著自己青紫的傷口，「比這些傷口都要深，因爲那些打我的人，我並不在乎他們怎麼看我，但你是我的朋友，你應該站在我這邊。」

「對不起。」江坤寒捏了捏自己的眉心，一時間不知道該說什麼好。

陳約瑟搖搖頭，他的髮絲凌亂，上頭沾滿了汙漬。過了數秒，他才又開口：「他們說的沒錯，我是同性戀。這樣的我錯了嗎？」

「不，你沒錯。你只是不一樣。」江坤寒堅定地告訴陳約瑟。

「你這麼說眞讓人欣慰。」

江坤寒穩住自己的嗓音，認眞表示：「約瑟，我保證這種事不會再發生第二次，我會一直站在你這邊，剛剛我還拿鋼杯砸了一個同學，害他牙齒都流血了。」

陳約瑟笑了起來，隨即因爲扯到傷口而扭曲了表情。他痛苦地擠出話語：「謝謝你，江坤寒，我欠了你一次。」

江坤寒坐在車子裡，路燈的燈光打在他的右臉，和陰影中的左臉形成強烈對比。他平靜地述說著這段過往，時不時露出微笑。

莫刑眨眨眼，低頭瞧著手中的滿天星問：「那他現在過得好嗎？」

「誰？」江坤寒靠著車窗。

「陳約瑟啊，他現在過得怎麼樣了？」

「哦，不知道。我們上高中之後就沒再聯絡了。」江坤寒苦笑了下，「我只是想說，我做錯了很多事情，我殺掉了許多無辜的動物，我殺死了你的母親，然後我還打算去殺我的繼父。我是個糟糕的人，我阻止不了自己腦子裡的那個聲音，可是約瑟這件事代表了我還是有救的，對嗎？我是說，我也曾經拯救過一些什麼，我也曾經幫助過一些人……」

江坤寒覺得自己這麼問非常過分，他明白即使做了一件好事，也不能與做過的任一件壞事相互抵消，但他就是希望有人來告訴他，他是有救的，他的內心最深處仍存有一絲絲的良知。

莫刑沒有說話，他把滿天星放在自己面前，過了半晌才開口：「要抱一下嗎？」

江坤寒伸出手，將莫刑緊緊摟進懷中。

莫刑身上帶著淡淡的桂花香氣，那是在花店染上的味道。莫刑很瘦，這樣抱著能明顯感覺到背部突出的骨節，以及每一次呼吸的細小顫動。

注視著江坤寒脆弱的模樣，莫刑偏著頭，困惑地問：「你有沒有……想過停下來？不要再殺了？」

江坤寒沉默了數秒，之後緩緩開口：「動物我可以都放走，可是我繼父不行，我必須殺死他，我一定要復仇。」

「爲什麼？」

「爲什麼？你問我爲什麼？」江坤寒重複著莫刑的話，像是聽見了什麼可笑的問題，「因爲他必須受到制裁！否則我不會心安的！我不能讓江依依就這麼死去！」

「這樣你就開心了嗎？」莫刑有點心寒，「沒有其他事能夠讓你開心嗎？」

「沒有，他必須死。」

「也許你……也許你不需要這麼做？」

江坤寒推開莫刑，他的腦袋當中又開始亂糟糟的，彷彿有千萬個聲音在同時講話。他按住自己的太陽穴，憤怒地高聲說：「不行！我必須殺他，你聽懂了嗎！爲什麼你要質疑我要做的事情！爲什麼！你就不能支持一點嗎！」

莫刑嚇著了，他縮到車子的另一側，而江坤寒一邊咒罵一邊胡亂敲打四周，最後氣喘吁吁地發動車子。

他明白江坤寒又發作了，所以他沒多說什麼，只是抱住了那盆滿天星。

在花店裡，每種植物前方都放著一個小牌子，上面簡單寫了些相關介紹。

莫刑記得滿天星的牌子寫著，滿天星的花語包含了「思念、夢境、喜愛」，送給別人滿天星則代表「我想念你、給我一個夢、我很喜歡你」。

我很喜歡你。

莫刑在心底想著。

他本來是要把這盆花送給江坤寒的，可是現在他不敢了，他只是靜靜盯著那盆花，內心暗暗刺痛。

柳曉安躺在房間當中，她從枕頭底下撈出那支缺了一角的手機，拿在手中把玩。她已經得到這支手機好幾個月了，卻遲遲沒有開機過。她擔心一開機就會被定位功能追蹤，現代科技日新月異，而柳曉安並不是這方面的專業，她不確定是否簡簡單單便能鎖定到她身上，誰知道呢？還是小心爲妙。

如今過了好一陣子，柳曉安覺得應該比較安全了，且先前她利用上班時向江坤寒旁敲側擊，確認了對方似乎並沒有在找手機。

於是柳曉安將充電線接上手機，過了一會才按下開機鍵。

螢幕很快亮了起來，主畫面是原廠預設的桌布，柳曉安不禁微微一笑。意外的古板呢，但這說不定是好事，如果一打開就是女友的照片，那麻煩就大了。

柳曉安的心臟狂跳著，她幾乎要按捺不住衝動，嘴角也揚起明顯的笑容。手機所安裝的應用程式並不多，猶豫了一下，柳曉安率先點開了相片。映入眼簾的是一堆遊樂園的照片，隔著螢幕都能感受到那陽光的熱度，還有遊客的笑鬧聲。

柳曉安帶著笑容繼續往下滑，發現了幾張跟公司有關的照片，數量不多，很快便滑到了底部。

不祥的感覺從心底漫出，柳曉安臉上的笑容逐漸消失，轉爲困惑和茫然。

這似乎並不是江坤寒的手機。

她記得江坤寒每次去聯誼都會拍點食物，而且他時常跟同事合照，這支手機裡的照片完全不是江坤寒該有的，拍下的工作細節好像也不是他負責的部分。

帶著滿心不安，柳曉安伸手點開了訊息。

開啟的那個瞬間，柳曉安的心沉入了海底，身體有如被凍住一樣僵硬起來。

她的猜測被證實了，這不是江坤寒的手機。

頭像處沒有放上任何照片，但姓名欄明確地顯示著「莫刑」兩個字。

莫刑最後一次的訊息就是傳給江坤寒，內容是向他提出借宿的請求，而輸入框赫然困著「救我」兩個字，像是求救到一半出了什麼狀況。

柳曉安皺著臉讀起過往的訊息，發現他們相約去了遊樂園。她忽然有種不好的預感，於是把訊息畫面拉到最下方，那是五月二十六號的事。

她隱隱約約記得，莫刑也差不多是從那時候開始曠職的，那天之後，莫刑便再也沒出現過，連座位上留下的一些私人物品也沒來帶走。更可疑的是，幾天後，江坤寒請了假。

江坤寒跟莫刑的曠職有關係嗎？爲什麼莫刑的手機會在江坤寒的公事包裡？無數疑問從柳曉安的腦海掠過，她嗅到了陰謀的味道，直覺不斷地告訴她事情不太對勁，也許她不應該瞎攪和。

但柳曉安沒法裝作什麼都不曉得，她相信直覺，尤其是女人的直覺，她的不安絕不是空穴來風，莫刑可能眞的身處危險之中，而江坤寒還跟這件事有關。

這天晚上，柳曉安徹夜難眠，隔天一進公司她就找上了人資部的同事，向對方討要莫刑的住址。

總是被她喊「姊姊」的人資部同事困擾地笑了下，輕聲說：「我們不能隨意透露其他同事的資訊啦，更何況莫刑已經離職了。」

「哎呀，拜託嘛，姊姊妳也知道人家暗戀江先生，只是想要順便了解一下他朋友，增加一下我的成功率嘛。」柳曉安撒著嬌。

「好啦好啦，連朋友也要了解嗎？眞拗不過妳，這個祕密只有我們兩個知道喔，之後倒追成功記得請我吃飯啊。」對方無奈地一笑，開啟某份檔案搜尋了一會後，把莫刑的住址抄在一張便條紙上，接著將便條紙撕下來交給柳曉安。

「謝謝姊姊！妳最好了！」柳曉安緊緊抓著那張紙，小心翼翼地塞進了口袋。

柳曉安發覺她會這麼做恐怕也不是眞的關心莫刑，只是跟江坤寒有關的事她就忍不住想探究。

沒辦法，江坤寒是她心目中完美的白馬王子，爲了一份眞誠的愛，這些付出是理所當然的。

柳曉安爲自己打氣著。

「你在做什麼？」

江坤寒從門後探出頭，看到莫刑穿著一件白襯衫，佇立在書房中。

書房內如今擺了好幾個籠子，先前江坤寒答應了莫刑不再殘殺動物，因此動物們都被移到了書房，看起來就像間奇特的寵物店。幾隻愛情鳥待在書架旁懸著的鳥籠，青蛙被放進了水族箱裡，黃金鼠的籠子則擺在地上，整個空間充滿了動物們細碎的聲響。

這些動物都由莫刑負責照顧，江坤寒基本上不太靠近。

江坤寒假日時常賴床，他一起來就發現莫刑不見了，於是四處尋找著，最後不意外地在書房找到了人。

莫刑手持剪刀，下半身沒有穿褲子，露出了纖細蒼白的腿。窗外下著小雨，微光籠罩在莫刑身上，整個世界透著一種捉摸不清的朦朧。

「茉莉花。」莫刑回過頭，他的頭髮有些亂，後腦勺處的髮絲還是翹著的，「我在幫它剪掉一些枯萎的花。」

「上次不是才帶了一盆滿天星回來，現在又有茉莉花了？你要把我們這裡也變成花店嗎？」江坤寒走到莫刑身後，從後面環住他，附在他耳邊輕聲說：「你知道茉莉的花語是什麼嗎？」

見莫刑搖了搖頭，江坤寒繼續說下去：「茉莉的花語是你屬於我。這是我幫你做的員工訓練，好好記住。」

感受著江坤寒親吻自己頸側的溫柔觸感，莫刑垂下頭，怯怯開口：「江坤寒，你有沒有想過……就是……種花？」

「種花？你在說什麼？」江坤寒忍不住笑了起來。

「我同事說，種花、就是……會讓你的心情比較穩定？」

江坤寒聞言停頓了許久，最後無奈地說：「我懂了，你還想說服我不去殺繼父，對嗎？你覺得我只是精神不穩定才想殺他？」

莫刑沉默了幾秒，然後點點頭。

「答案是不行，莫刑，我跟你說過了，這就是我唯一的答案。」江坤寒鬆開手，後退了幾步。他的腦袋裡又開始有焦躁的聲音在吵鬧，指使他、嘲笑他，磨耗掉他的每一分耐心。

「可是江坤寒，就算殺掉他了，你也不一定就開心了，那可能不是個答案，至少不會是個對的答案。或許你也需要幫助……」莫刑攪扭著雙手，話語就這麼脫口而出，連他自己都不敢相信，他居然正在試圖說服江坤寒。

「那什麼才是對的答案？什麼東西會讓我好過？」江坤寒忍不住低吼，「我被毀了，我有權利不原諒他，對嗎？」

莫刑凝視著江坤寒，江坤寒彷彿在他面前一點一點碎裂了。

江坤寒體內的受傷男孩拚了命地嘶吼，以癲狂的姿態訴說著自己的傷，江坤寒的人生停滯在那個令他無比痛苦的夏日夜晚，就此不再前進。

這一瞬間，莫刑忽然不曉得該說些什麼好，他吞了吞口水，輕輕地說：「我不知道……我什麼都不知道，我想我只是……很怕失去你，所以才會想阻止你？」

「什麼意思？」江坤寒愣住了。

「如果你被發現了怎麼辦？殺人會被關的吧？如果你被抓了怎麼辦？如果、如果我再也見不到你了怎麼辦？」莫刑停了下來。他鮮少一次說這麼多話，有些語無倫次的。

江坤寒皺起了眉，像是在思考。他點點頭，然後又搖搖頭，之後敲著自己的腦袋咒罵：「閉嘴、閉嘴！」

那模樣就像個瘋子。莫刑已經習慣了，他只是難受地看著江坤寒。好半晌，江坤寒深吸了一口氣，恍惚地回答：「我也不知道。」

「江坤寒……」

「我必須要去，莫刑，我都想好了，計畫很簡單的，我不會失敗，你相信我。」

「不是那樣的。」

「眞的，莫刑，你別擔心，一切都快要結束了。」江坤寒擠出一個笑容，勉強得幾乎要崩潰似的，他不確定這句安慰是對自己說的，還是對莫刑說的。

莫刑嘆了口氣，目送江坤寒擅自結束對話，默默離開了房間。他緩緩坐到地上，呆呆盯著地面的一小片光影。窗外的雨變大了，敲打在玻璃窗的聲響宛如一首雜亂的交響樂。

跛腳晃著尾巴，一瘸一拐地走進房間，莫刑把牠撈了過來，放在腿上輕輕撫摸。

「糟糕了，跛腳。」莫刑順著跛腳的毛，輕聲呢喃，「我可能麻煩大了。」

說完，他自嘲般地笑了起來。

他其實早就料想到了，從他開始依賴江坤寒的那天起，就已經一步一步走向了深淵。

這麼說很俗套，但他是飛蛾，江坤寒是烈焰，他的飛蛾撲火隨時都可能把自己給燒得半點不剩。

然而他心甘情願。

四周很暗，門口的路燈壞了，一閃一閃地訴說著不祥的信息。

天氣相當糟，持續不斷的細雨像連接著天空的絲線，朦朧得令人看不清前方的路。柳曉安撐著傘，佇立在莫刑的家門前，還沒進門便後悔了。

說到偷偷潛入陌生人家中，柳曉安可是個中高手，她從以前就會偷偷跑進暗戀對象的宿舍或房間裡，江坤寒家她當然也去過。

那時柳曉安告訴自己，這並不算跟蹤，畢竟她是江坤寒未來的女朋友，遲早會踏入江坤寒的家。

不過這個行為後來還是讓柳曉安有點良心不安，所以她只嘗試了一次。

雖然去過無數房子，見過許多狀況糟糕的雜亂房間，莫刑家還是令柳曉安目瞪口呆。

這到底是什麼鬼地方！

柳曉安在內心吶喊。

講得難聽點，看起來就和廢墟一樣，完全沒有人在裡頭生活的跡象。地上大量的廢紙傳單和帳單都被雨水給打濕了，變得破爛不堪，門前被用噴漆寫滿了難聽的詞彙，似乎是討債的人做的，門口還堆滿了垃圾，發出難聞的惡臭。

不管是誰住在裡面，他恐怕需要一位社工。

柳曉安摀著口鼻，她不想直接去碰骯髒的鐵門，所以嫌棄地以雨傘推了下。也不確定是鎖壞了，或是根本沒鎖，鐵門應聲而開。

她小心翼翼地跨過垃圾，鐵門和大門之間有個狹小的空間，還有座小小的花圃，因無人打理而雜草叢生。柳曉安徑直來到莫刑的家門口，先是敲了敲門，之後走到旁邊朝窗戶內一望。

屋裡是暗著的，窗玻璃太髒了，她無法看清裡頭是什麼狀況。柳曉安又拍了拍窗戶，喊了幾聲莫刑，卻並未得到回應。

她心想莫刑應該不在裡面，或是已經搬走了也說不定。

她其實可以撬開門鎖，不過幾經思考後，柳曉安搖搖頭，她覺得自己恐怕是傻了。

說不定莫刑根本沒出什麼事，說不定他的失蹤和江坤寒一點關係也沒有，一切都是她多想了。

嘆了口氣，柳曉安決定先回去了。她的摩托車停在離這裡有一段路的超商前方，想到還要在雨中走這段路，柳曉安不禁有點頭疼。

她將傘轉了一圈，晶瑩的水珠從傘緣飛濺而出，宛如四散的水晶。柳曉安眸光一轉，忽然發現花圃旁的石板地上不太對勁。

那裡有個漆黑的長條狀物體。

由於那物體看起來實在詭異，柳曉安走到花圃邊，俯身撿了起來。

她把條狀物放在掌心翻了一圈，她不是醫學專業的，可是她撿到的……似乎是一截腐爛到微微露出白骨的手指。

意識到這一點，柳曉安短促地尖叫一聲，扔掉了那截手指。

她快嚇哭了，拚了命地大口喘氣，手指殘留在掌心的觸感是那麼噁心，久久沒有散去。

雖然十分害怕，但柳曉安很快重新鼓起了勇氣，她再度蹲下身子，在石板地面上努力搜尋，不久又找到一顆掉在角落的牙齒。

這裡似乎曾經有個人被分解。

柳曉安幾乎要放聲尖叫，她起身往後踉蹌地退了幾步，剛才蹲在地上的時候，她的褲子和鞋子都沾染上了泥土和雨水，原本精緻的妝容也被打濕，融化的眼線自她的眼眶下緣流下，化作漆黑的淚水，使她整個人顯得狼狽不堪。

她在自己的背包內翻找，驚慌失措地拿出手機，用顫抖的手指撥了電話。

「喂？警察局嗎？我朋友家的後院……好像有一具屍體。」柳曉安說著，她覺得自己的聲音異常遙遠，聽上去就像從別人口中發出來的一樣。

綿綿細雨在此時變成了滂沱大雨，柳曉安獨自佇立在雨中，感受著被慌亂和寂寞吞噬的恐懼。

她編織出的美好童話終於徹底被摧毀。

第七章　徒勞

週五適逢中秋節，所以這週江坤寒的公司放了三天連假。連假前夕，同事們早早就失去了上班的動力，有的提早回家了，有的一大早就興高采烈地在爲聯誼做準備。

「江坤寒！聯誼去不去啊？聽說這次的妹水準都不錯喔。」前輩逮住了江坤寒，一開口就問這件事。

江坤寒無奈地笑了笑，禮貌地說：「不了，我中秋節得回老家，行李都帶來公司了，下班後就直接回去。」

「中秋節回老家幹麼！過年再回去就好了啊。你最近都推掉聯誼，別裝了，是有馬子了吧？」

江坤寒沒正面回答，只是聳聳肩，撥開前輩的手揶揄：「我有沒有馬子不重要，倒是前輩你快點脫單吧，努力了這麼久都沒個結果，眞讓人著急。」

「幹！江坤寒，我勸你不要嘴賤喔！老子這次一定可以釣到女人！你給我看好了！」前輩一邊大罵一邊離開，還不忘送江坤寒一個中指。

江坤寒笑著搖頭，他在辦公室中的形象依舊完美，冷靜、年輕而積極，開得起玩笑，處理得了案子，跟同事關係良好。

沒有人曉得他打算回老家殺死繼父。

他在一年前就買好氰化鉀了，透過暗網取得毒藥比他想像的要容易得多，只是這一年來他一直在規劃，反反覆覆地無法下定決心，直到今日才決定付諸實行。

江坤寒拿出手機傳了訊息給莫刑，告訴對方他這幾天不會回家，要莫刑好好照顧自己。

他明白這麼做不太妥當，他不但沒事先告知莫刑，還隨便傳了一則簡訊就想搪塞過去，這對莫刑太不公平了。可是他擔心莫刑再度開口阻止，所以只好出此下策。

腦中的聲音依舊在叫囂，要他去殺了繼父，奪走那個人渣的生命。

江坤寒在腦海裡一遍一遍地模擬著殺人的流程，他要在食物內投入氰化鉀，等他繼父攝入毒物死去，之後將屍體從高樓推下，偽裝成自殺。

他一開始是想要折磨繼父，把繼父的皮一片一片削下來，再挖出眼球，逼對方吃自己的肉，進行各種慘無人道的虐待。

但現在，他只希望繼父能在他面前斷氣。

江坤寒一次又一次地想像著那個人死去的樣子，長久以來始終勒住他脖子的痛苦窒息感似乎暫時消失了。

江坤寒花了一段時間才找到繼父的住處，抵達的時候已經是晚上了。這是他從親戚口中輾轉得知的地址，是眞是假他也不清楚。

他輕按門鈴，伴隨著清脆的門鈴聲，一名身材曼妙的中年女子出現在門口。

女人上下打量了一下江坤寒，用沉穩的口氣說：「你找錯戶了，我們最近沒有網購什麼東西。」

「哦，不是的，我是來找周先生的，我是他兒子。」江坤寒冷靜地說。

女人聞言笑了笑，抬手一撥頭髮，「那就更不可能了，我們在一起的這幾年來，我從沒聽說過他有兒子，而且直到如今才出現，難不成你是來搶遺產的？」

「什麼？」

「他三個月前因爲癌症入院了，這些日子都是我在照顧他，你等他快死了才冒出來，難道不是想搶遺產？」女人語帶嘲諷。

江坤寒一時愣住了，隨後他忽然笑了起來。一開始只是牽動嘴角的淺笑，接著他的笑容越擴越大，最後笑得幾乎流出了淚水。

他這幾年的痛苦掙扎、這幾年的費心準備，全都因爲一句「他快死了」化爲可笑的徒勞。

多麼諷刺！

女人環著胸，淡漠地看著江坤寒笑完，開口問了句：「笑夠沒？哪裡好笑了？」

「不，抱歉。」江坤寒止住笑意，表情怪異，「我不是來搶遺產的，我本來是想來找他麻煩的，沒想到他快死了，那看來我也不需要動手了。」

「你到底是來做什麼的？」女人一挑眉。

江坤寒沒回答女人的問題，反而說道：「女士，妳聽好了，我不曉得妳爲什麼要跟那個男人結婚，但我勸妳早點離了，他是個禽獸不如的男人。」

「不要，我好不容易快熬到他死掉的那天了，他只是我名義上的丈夫而已，我比較像他的看護。」女人靠在門廊上，語氣慵懶而冷漠，「我知道他有問題，因爲從沒聽他講過自己的家人，不過我沒去深究。他都快八十歲了，就算沒得癌症也快死了，我只想要遺產。」

江坤寒眉頭一皺，「妳這麼坦白，不怕我揭發妳嗎？」

「你保守我的秘密，我也保守你的祕密，我們算扯平了。」女人抽出一根菸，點了火，在煙霧繚繞當中說：「我還挺高興你來找我，至少讓我看看跟我搶遺產的小崽子長什麼樣。」

「看來妳很討厭我。」

「還好，遺產要分就分，至少我每分錢都是合法拿到的。」女人朝江坤寒噴了一口菸，「你還要去見他嗎？」

江坤寒沉默了數秒後，堅定地回答：「要。」

「那就拿出你的手機，好好記下醫院的地址和房號。快點，我累了，想回去睡覺了。」

江坤寒依言記下了地址，在女人關上門前，他趕緊問了一句：「可以請問妳的名字是什麼嗎？」

女人的動作忽然停了下，接著冷冷說道：「重要嗎？你又不是真的在乎。」

隨後大門便在江坤寒的面前關上。

江坤寒一向不怎麼喜歡醫院。

那是個慘白且冰冷的世界，一間一間的病房像是狹小的牢籠，將每個病弱的靈魂跟外面的世界隔絕開來。

江坤寒走進病房，一眼就看到了自己的繼父。

無數噪音開始在他的腦中細碎地呢喃，聲音越來越大，幾乎要將江坤寒給吞噬。

「閉嘴、閉嘴！」江坤寒敲了敲自己的腦袋，深吸一口氣，走到了病床前方，把外層的隔簾拉上。

時光彷彿一瞬間倒轉了，江坤寒覺得世界正在搖晃，隨時都會崩塌。他似乎聞到了夏季空氣特有的氣味，暖烘中夾雜著陽光的芬芳。

就像回到了那個燥熱夏日的夜晚，江依依的無助眼神轉向他的那一刻。

躺在病床上的繼父看上去虛弱無比，頭髮因化療而掉得精光，布滿皺紋的臉頰深深凹陷，手臂上扎著點滴。

江坤寒輕咳兩聲，驚動了躺在床上的繼父，繼父緊閉著的雙眼緩緩睜開，並在見到江坤寒的那瞬露出了驚恐的表情。

「嗨，好久不見。」江坤寒笑了，雖然他不確定自己為什麼要笑。他腦中的聲音一遍又一遍地提醒著他，眼前的男人是個該死的禽獸。

「江……坤寒？」繼父語氣茫然，或許是因為驚訝，繼父近乎失聲。

「對，是我。」江坤寒保持微笑，用只有他們彼此才聽得見的音量說：「我是打算來殺你的，你記得江依依嗎？如果你不記得，我可以幫你回想一下。」

腦袋裡的聲音不斷叫囂著「掐住他的脖子」、「把他的眼睛挖出來」、「切掉他的生殖器」，宛若一群被地獄放出的惡靈，圍繞在江坤寒身邊對他百般慫恿。

江坤寒甚至覺得江依依現在就站在自己身後，驕傲地見證他復仇。

繼父睜大了眼，虛弱地吐出話語：「你在說什麼？」

「你記得自己對江依依做了什麼嗎？你記得自己有多麼禽獸嗎？」江坤寒握緊了拳頭，指甲刺進肉中的力度令他疼痛。

繼父跟二十年前的模樣相去甚遠，江坤寒明確地記得自己當年是那樣的害怕，然而如今他好像只要拿起枕頭，就能直接悶死繼父。

繼父的眼神閃爍了下，緩緩說道：「你不需要這樣復仇的。」

「需要，哦，我當然需要。」江坤寒幾乎就要大笑。

「我快死了，你知道吧？殺我一點意義也沒有。」繼父用嘶啞的嗓音輕聲說。

「你這是在挑釁我嗎？」江坤寒的臉部肌肉微微牽動了一下。

「當然不是。你看，江坤寒，我從頭到尾都只有你一個孩子，不考慮在死前跟我和解嗎？每個人都總有做錯事情的時候，我也有，控制不住性慾是我的錯，但我已經改過了啊。」

或許是自以爲人之將死，其言也善，繼父居然擺出一副悲天憫人的姿態。

然而江坤寒只覺得被激怒了，他咬著牙，一個字一個字地說：「只有我一個孩子？你把江依依放在哪裡？」

「你到底在說什麼？誰是江依依？」

「不要假裝你不認識她！你毀了她！徹底地毀掉了！」江坤寒怒吼，盛怒之下，他衝了上去，將自己原先的計畫徹底捨棄，緊緊掐住了繼父的脖子。

繼父的臉色由蒼白逐漸漲紅，之後又因缺氧開始發紫，江坤寒感受著自己指尖嵌進肉中的力度，還有繼父脈搏微弱的跳動。

腦中的聲音歡欣鼓舞地叫囂，尖銳的雜音在腦海流竄，那種生命一點一滴從自己手中流逝的快感他已經很久沒有體會到了，他甚至感覺江依依的魂魄正在對他微笑。

解脫感充斥了江坤寒的全身，他揚起笑容，感覺一切終於都回歸正軌了，這是遲來的正義。

然後他想起了莫刑。

莫刑笑著的模樣，莫刑驚訝的模樣，還有莫刑前幾天悲傷的模樣，害怕地問著他「如果我再也見不到你了怎麼辦」。

江坤寒突然發覺他不能在這邊殺死繼父，這裡是醫院，走廊上全是監視器，他肯定立刻就會被鎖定，說不定還沒走出去就被抓了，這樣莫刑會非常難過的。

這一刻，江坤寒鬆開了手。他盯著自己的手掌，然後又看了看躺在床上拚了命咳嗽的繼父。

「反正你也只剩幾個月了，就在這裡獨自腐爛吧。」江坤寒放下手，顫著嗓音說。

所有計畫都瓦解了，腦內的聲音漸漸大了起來，指責他沒有殺死病榻中的男人。

江坤寒努力壓抑住腦袋中的噪音，一遍遍說著：「閉嘴，別再說了！」

他聽見繼父在虛弱地喊自己的名字，但他聽不進去，逕自快步離開病房。

醫院四周慘白的牆面像在朝他壓來，使江坤寒承受著巨大的壓力。他嘆了口氣，再度敲敲腦袋，試圖讓那些吵雜的聲音停下來。

江坤寒十分慶幸病房內沒有安裝監視器，否則他現在可能已經撞見警察了。

他走出醫院，坐在外面的臺階上，茫然地望著前方來往的車輛和行人。明亮的月光灑在人行道上，勾勒出一個慘白的世界。

一切的發展都太不盡如人意了。

他沒用到氰化鉀，他甚至沒殺到人，唯一的好事是他繼父快死了。

可是他沒有鋌而走險，莫刑應該會開心吧。

他又開始想念莫刑，想起莫刑時，腦中的聲音總是會小一些。

江坤寒覺得自己的人生就是一場荒謬的大型鬧劇，他被反覆折騰，怨恨纏身。不過和莫刑在一起的時候，他便感覺沒那麼糟了，像是有種柔軟的情緒包覆著他一樣。

江坤寒覺得自己該回家了。

位於莫刑家的案發現場看上去十分駭人。

秦芯蕾剛調來這邊的分局，即使她對刑事案件的經驗不多，依然能看出此案的兇手是個非常殘忍的人。

殘留在現場的遺骸就那麼點，然而法醫還是藉由多年經驗判斷出死者應該是位女性。

「妳看這裡、這裡、還有這裡，都是由刀器切割而出的，推測凶器是菜刀，而且這也跟廚房內少了菜刀不謀而合。」法醫指著骨頭平整的切割痕跡，淡淡地說，「如果沒找到剩餘的屍塊，那恐怕是找不出致命傷了，不過這顯然是在殺人後分屍的案件。」

秦芯蕾露出難受的神情，「怎麼會有人做出這種事？」

「不知道，這世上邪惡的人很多，多到妳難以想像。」法醫將照片攤在秦芯蕾面前，繼續詢問：「現場鑑識報告出來沒？」

「差不多了，後面的小房間裡有大量血跡殘留，推測就是在那邊進行分屍。凶器過了太久已經很難找，恐怕早被兇手處理掉了，而現場還發現了打鬥的痕跡，推測兇手是名年輕有力的男性，才能輕易制伏和殺死被害者。」

「毛髮和指紋呢？兇手都沒有留下嗎？」

「我們還在調查。因爲屋子有多人進出的跡象，到處都是陌生人的毛髮、指紋和精液，尤其是精液的量異常驚人，這間屋子恐怕曾經拿來作爲性交易地點，所以線索十分混亂。」

「眞是辛苦你們了。」法醫無奈地笑了下，拍拍秦芯蕾的肩，「那關於失蹤者莫刑，有什麼線索嗎？」

「還沒有。我們剛詢問了莫刑的前公司，可是這個人跟幽靈一樣，沒人曉得他的底細，也沒人了解他究竟是怎麼生活的，他似乎非常陰沉和封閉，幾乎不跟其他人交流。」秦芯蕾嘆了口氣。

警方一開始先調查了戶口，得知此處住戶有莫刑和他的母親。由於骨頭殘骸已分析出是屬於成年女性，因此合理猜測死者就是莫刑的母親。這讓莫刑成了第一嫌疑犯，然而他卻失蹤了，只帶走了一些必需的隨身物品。

案發之後，莫刑像是徹底消失了一樣，沒有使用社群、沒有聯絡過其他人，周遭也沒有人知道他去了哪裡。

秦芯蕾摸了摸額頭，她只能希望事情可以快點出現進展了。

向法醫道謝後，秦芯蕾步出房間，準備返回警局。

還沒踏入局內的辦公室，遠遠便聽見裡面傳出不小的騷動。秦芯蕾好奇地進門，發現一群人正吵雜地討論著。

「喂！怎麼了？」秦芯蕾擠進同事們之間。

「芯蕾！有突破了！」一名男同事興奮地說，「我們去查了莫刑的戶頭，這傢伙居然還有在使用啊！而且還能找到轉帳給他的人是誰，一下子就聯繫上了。」

「轉帳給他的人是誰？」秦芯蕾精神一振。

「一家花店的老闆，離這裡不遠，老闆說莫刑是他的員工。」

「什麼？」

秦芯蕾頓時覺得有些可笑，莫刑彷彿根本沒想過要隱藏行蹤一樣，簡直不合常理，完全不像個逃犯該有的樣子。

男同事點點頭，又丟出重磅消息，「而且我們找到莫刑的手機了，雖然是支舊手機，依然很有參考價值。」

「什麼？你們怎麼拿到手的？」秦芯蕾整個人猛地一震。

「從柳曉安那邊拿到的，妳知道，就是第一個發現屍體的那個正妹。」

「她怎麼會有這東西？」

「從另一個同事那裡偷來的。」男同事不禁笑了，「一個叫做江坤寒的人。這只是我的猜想，可是我認為江坤寒跟這個案件脫不了關係，他非常可能是兇手，必須趕緊逮捕歸案。」

秦芯蕾點點頭，她完全同意這個說法。

莫刑坐在客廳，眼底下帶著深沉的黑眼圈。

天色已經微亮，江坤寒卻還未回來，訊息也都沒有回。莫刑在沙發上坐了一整個晚上，沒怎麼睡著。

大門忽然傳來清脆的開門聲響，莫刑一下子清醒了，他拔腿跑過去，跟門外顯得疲憊不堪的江坤寒對上目光。

氣氛一瞬間有點緊繃，空氣幾乎凝滯了，隨時都可能碎裂。

江坤寒先有了動作，他伸出手，將莫刑緊緊摟進懷中，力道大得讓莫刑險些無法呼吸。

莫刑能聞到江坤寒身上殘留的陌生氣味，感受到江坤寒快得出奇的心跳，以及衣料細微的摩娑。

莫刑貼在江坤寒的胸口，嘆了一口氣，「你去哪裡了？」

「我去找了繼父。」

「你殺了他？」

「沒有。」江坤寒短促地笑了下，像是在自嘲。

莫刑伸手環抱住江坤寒，困惑地問：「你改變心意了？」

「對，因爲他得了癌症，快死了。」江坤寒將臉埋進莫刑的髮絲，細語著，「還有，我不想看見你爲我難過的表情。」

莫刑顫抖著，他的眼眶微微發酸，強烈的情緒撼動著他身上的每個細胞。

那是一種非常陌生的情緒，他意識到終於有個人將他放在心上，聽了他說的話，而且聽進去了。

江坤寒把莫刑帶進屋內，一翻身便將莫刑壓倒在沙發上，低頭狂熱地親吻莫刑，彷彿急於把思念灌注到莫刑身上。莫刑摸著江坤寒的側臉，全心感受江坤寒的舌尖在他的口中恣意掠奪。

他們急躁地褪去彼此身上的衣物，像兩頭飢渴的野獸一樣，渴求著對方的體溫和氣味。江坤寒一邊撫摸莫刑的腰側，一邊進入了對方溫暖而緊緻的體內。莫刑勾住江坤寒的脖頸，隨著每一回的撞擊發出誘惑的細小哀鳴。快感衝擊著他的腦門，使他激動得渾身顫抖，眼角也微微滲出晶瑩的淚水。

在一次次的瘋狂挺進、一次次的肌膚接觸中，莫刑失了魂地浪叫著。

江坤寒親吻莫刑的下頷，放慢了速度。莫刑微微瞇眼，用隱忍難耐的語氣問：「怎麼了？」

「別看旁邊，看我。」

「什麼？」

「看著我，聽我說，永遠都別離開。」江坤寒吻去莫刑眼角的淚，嗓音流露出一絲瘋狂。

在快感當中，莫刑的腦袋糊成一團，只能茫然地重複那兩個字：「永遠。」

「對，永遠。」

江坤寒抱住莫刑瘦弱的身軀，一下又一下頂撞，把莫刑推向巔峰。

莫刑雙腿發軟，他感覺江坤寒緊貼著他的身子，低聲呢喃：「看我還不操死你。」一陣顫慄攀上莫刑的背脊，他的甬道因興奮而緊縮，收緊的觸感令江坤寒忍不住迅速抽插，最終將精液留在了莫刑體內。

高潮過後，江坤寒喘著氣，他沒有立刻離開，而是抓住莫刑的手，放到唇邊輕輕一吻。

「我愛你。」江坤寒低聲說，嗓音慵懶撩人。

莫刑凝視著江坤寒的眼眸，他彷彿能從那對深棕色的瞳孔中看見江坤寒狂躁又不安的靈魂。

「我也愛你。」莫刑喃喃回答。

清晨的光線從窗外透入，斜斜地灑在客廳，替兩人的身軀籠罩上一層金色薄紗。

江坤寒心想自己一定是發瘋了，居然會在這刻忽然覺得「我愛你」三個字如此的神聖而高貴，讓他滿足得想哭。

誰也沒料到，事情會在一個平凡的秋日夜晚爆發開來。

江坤寒和莫刑待在客廳，一起收看電視的動物星球頻道，莫刑靠在江坤寒身上，抓著手裡的洋芋片吃。

「我小時候很喜歡企鵝，一直想去動物園。」莫刑看著電視裡搖擺走動的企鵝寶寶，忽然這麼說。

「後來看到企鵝了嗎？」江坤寒順了順莫刑頭上那撮翹起來的髮絲，輕聲詢問。

「沒有。」莫刑侷促地回答。

以他家的環境，沒被打死就很好了，還妄想著要去動物園。

「那我們這個假日去吧，去動物園。」江坤寒摟住莫刑的腰，把下巴擱到他的頭頂上。

莫刑笑了，開心地點了點頭。

此時，門鈴響起，莫刑站起身，前去打開大門。

外頭站著幾名員警，一見到莫刑就全圍了過來，莫刑頓時嚇得說不出話。

站在最前方的秦芯蕾馬上扯出警徽，大聲地說：「江坤寒！我以涉嫌謀殺將你逮捕……」

話說到一半，秦芯蕾愣住了，她盯著面前的莫刑，腦袋忽然間轉不過來。

這不是江坤寒住的地方嗎？莫刑怎麼在這裡？兩個嫌疑犯居然住在一起？

警方還另外派了一支小隊去莫刑工作的花店堵人，現在看來是不需要了。門口的騷動太大，江坤寒也走了過來，一見幾名員警就皺了下眉，「請問有什麼事情嗎？」

「啊！江坤寒！我以涉嫌謀殺將你……還有莫刑一起逮捕！」秦芯蕾重申。

江坤寒偏著頭，語氣冷靜：「我不管你們查到了什麼，莫刑跟那件事沒有關係，請放過他。」

秦芯蕾不屑地一笑，冷漠地表示：「是不是有關係並不是你說了算，莫刑還是必須跟我們走，直到他洗清自己的嫌疑爲止。」

巨大的壓力朝莫刑席捲而來，他的腹部像被痛毆了一拳般翻攪著，讓他幾乎就要反胃。

莫刑最害怕的事終究成了現實，他茫然地睜大了眼，恐懼使他的臉龐徹底失去血色。

江坤寒一隻手搭上莫刑的肩膀，低聲安撫：「你不會有事的，別擔心。」

「那你呢？」莫刑空洞的目光轉向江坤寒，心中一下子失去了希望。

江坤寒沒有說話，他只是露出淡淡的笑容，看上去有些難過又有些無奈。他摸摸莫刑蒼白的臉，平靜地說：「該還的總是要還。走吧，我們該上警車了。」

江坤寒暗自揣測了下，警方恐怕已經把嫌疑對象鎖定爲他和莫刑其中一人，所以他必須認罪，而且交代得越詳細越好，否則警方肯定會把矛頭轉向莫刑，他可不想見到莫刑爲難得崩潰的模樣。

在漆黑的夜色當中，莫刑被警察拉扯著戴上手銬，塞進了警車。警車的警示燈在黑暗裡不斷閃爍，發出刺眼的紅藍光芒。

莫刑看著車門在他面前關上，就像希望也在他面前關上了門一樣。

如江坤寒所預料，在他的坦白供稱之下，莫刑不久就被釋放了。

經過更詳細的調查後，警方發現案發現場除了各種毛髮和精液，還有毒品和各類情趣道具，於是推斷莫刑當時可能是作爲性奴被母親所虐待，而江坤寒闖入後殺死了他母親，並把莫刑帶回家中，這與江坤寒的自白高度符合。

他們還找到了江坤寒用來束縛莫刑的鐵鍊，且莫刑的腳踝上確實留有微小的傷痕，這又印證了江坤寒聲稱自己囚禁了莫刑的說詞。

警方曾經懷疑是莫刑唆使江坤寒替他復仇，不過這個假設很快被推翻了。畢竟莫刑連求救訊息都沒成功發出去，且莫刑脆弱的精神狀態也不像是能用計教唆江坤寒，怎麼看都是個受害者。

莫刑顯然並未犯下任何必須以刑事起訴的罪刑，也沒有任何證據指向他殺人，所以警方便讓他離開了。

在調查期間，莫刑一直試圖替江坤寒說話，但秦芯蕾只是對他嘆氣，並勸他：「能離開就快離開吧，別把殺人犯的承諾放在心上。」

「可、可是他救了我。」莫刑絕望地說。

「別傻了，你值得更好的，一個眞正正常的人，不是這種瘋子。你知道他是瘋子，對嗎？」

「其實他沒有那麼糟糕的……」

「唉，你只是太孤獨了，身邊沒其他人才會依賴江坤寒，多交一些朋友吧。」秦芯蕾好言相勸。

莫刑看著秦芯蕾，忽然明白了些什麼，於是他搖搖頭，頹喪地往外走去。

江坤寒是個瘋子，甚至不是個好人，莫刑再清楚不過了。江坤寒喜怒無常，控制慾強，而且嗜血。

可是這個瘋子爲了他收斂了血性，這個瘋子仔細地照顧過他、親吻他的傷口，一遍又一遍地削弱了他的疼痛。

或許秦芯蕾是對的，他只是依賴著江坤寒，依賴久了就產生了戀愛的錯覺，但他覺得那樣也沒關係。

莫刑的眼眶微微發酸，他在傍晚的人行道上停下來，橘紅的陽光落在面前的矮圍籬上，留下血色的痕跡。

他抬頭望著染成暖色的天空，莫刑從不相信神，然而現在，他居然希望神能夠幫助他。

莫刑低下頭，雙手交扣，從未如此虔誠地祈禱過。

第八章　審判

江坤寒被羈押了，他不但承認了自己的罪行，連埋藏屍體的地點也全盤托出。媒體大肆渲染這次的分屍案，記者們猶如嗅到血腥氣味的獵犬，拚命將事件誇大，以吸引觀眾的目光。

江坤寒原本已經放棄了希望，他覺得等待著自己的未來應該就是死刑。

他從沒想到，幾天後，一名身上帶著古龍水氣味的禿頭男子會來見他，將名片交到他的手上。

「江先生你好，我是葉永良律師，這是我的名片。」禿頭男子遞出了名片，細小的眼睛直直盯著江坤寒。

頭上的燈光十分昏暗，江坤寒在微弱的光線下接過名片，淡淡說了一句：「我沒有請律師。」

「對，但你的案子鬧得很大，外面都在報導，所以你繼父幫你付了律師費，我現在是你的律師了。」葉永良抖了下西裝，在江坤寒對面坐下。

聽見「繼父」兩字，江坤寒的身子微微一震。他咬緊了牙，從齒縫間擠出一句話，「我不接受他的施捨，請回吧。」

「江先生，請聽我說……」

「滾出去！」

「聽我說！」葉永良提高音量吼了回去，「這些話我不是以一個律師的身分跟你說的，而是用一個過來人的角度告訴你，不要抓著無謂的自尊不放。我不管你跟繼父之間有什麼過節，給我接受他的幫助！你還年輕，還有機會重來，如果你被關一輩子，不會有人傷心嗎？還是你寧可等事情無法挽回時，才讓朋友幫你在外頭籌錢請律師？你忍心看別人爲了你欠一屁股債？」

江坤寒想起了莫刑，頓時和被刺中了弱點一樣，閉上了嘴。

莫刑是他心上最柔軟的一塊，他可以受委屈，可是莫刑不能跟他一起受苦。

天秤的一邊是自尊，另外一邊是莫刑，最後江坤寒拿起了自尊，放在腳下重重踩碎。

江坤寒的嗓音因屈辱而顫抖，「好，那葉律師，我下一步該怎麼做？」

面前是米黃色的牆面，架上放著幾株植物和絨毛玩偶，室內採用暖黃的柔光，顯然是試圖讓人感到放鬆，但總有點用力過猛的感覺。

江坤寒坐在身心科診所當中，瞧著診療桌上的一小盆乾燥花，深深嘆了口氣。

他怎麼就沒想到呢？果然是這招啊，只要拿到精神疾病的相關證明，他應該就能比較容易脫罪。

面前的女醫師臉上掛著微笑，用溫柔而輕盈的嗓音問：「請問江先生，你有哪裡不舒服嗎？」

「我殺了個人。」江坤寒懶得拐彎抹角，單刀直入地說。

「我了解了，你想跟我聊聊這件事嗎？」女醫師露出無畏的神情，語氣依舊平靜。

「不想。」

「那你想跟我聊些什麼？」女醫師傾身向前，認眞地說：「你別擔心，我跟葉律師合作很久了，你可以信任我，我是來幫助你的。」

江坤寒其實已經想跑了，不過現在出去葉永良恐怕會氣得跳腳，於是他思考了一下後開口：「既然妳是身心科醫師，那妳對治療創傷有什麼方法嗎？」

「那要看是什麼樣的創傷了。」

「我姊姊。」

「你姊姊？」醫師翻閱著手上關於江坤寒的資料，那些是葉永良事先交給她的。

「對，江依依，雖然我不曉得她現在人在哪裡，可能已經死了，嗑藥過量。」

「這個消息眞令人難過。你和江依依經歷了什麼？」醫師推了下眼鏡，開始在文件上振筆疾書。

「我小時候看見了江依依被強姦的場景，她那小小的臉皺成一團，一副很痛苦的樣子，我永遠都忘不了。我希望強姦江依依的繼父能死去，我眞的誠心地希望他死去。」江坤寒拿起桌上的乾燥花，一邊擺弄一邊說，「江依依毀了，我繼父卻能繼續正常生活下去，這個社會就是這麼糟糕。」

「那個江依依，你能形容一下她長什麼樣子嗎？」醫師推了下眼鏡。

「江依依？」江坤寒有些意外，不過還是依言形容，「她比我矮一點，膚色跟我差不多，然後是黑色短髮……我不怎麼記得了，總之差不多就是那樣。」

「好的，那江依依大概是什麼時候消失的，你有印象嗎？」

「大概是……我也不太記得了，反正有一天她就消失了。」江坤寒皺了下眉，困擾地問：「怎麼回事？這很重要嗎？」

「江先生，我大概明白你的情況了，這次就先到這邊，療程我們慢慢來，我會開一些穩定情緒的藥物給你。」醫師又推了下眼鏡，隨後低頭兀自寫起病歷，不再理會江坤寒。

第一次的會面讓江坤寒摸不著頭緒，他只能努力說服自己，這些都是療程的一部分，之後他就會明白是怎麼回事了。

然而當他乖乖配合到了第五次的會面時，醫師仍是聊著無關緊要的事，只偶爾提及江依依，且醫師說起江依依的口吻總是不太對勁，江依依在對方口中簡直像幽靈一樣，不是個眞實存在的人。

這令江坤寒忍無可忍，他終於按捺不住地吼道：「妳到底搞什麼！這些療程對審判一點幫助也沒有！我不想再配合治療了！」

「江先生，請您冷靜。」面對江坤寒的爆發，醫師的語調卻近乎冰冷。

「妳要我怎麼冷靜！我想要確診報告！那才是眞正重要的！」

醫師脫下眼鏡，雙手放在桌上嘆了一口氣，平靜地說：「那好吧，江先生，我先向您說明診療結果。您當年應該是罹患了解離性身分疾患，和創傷後壓力症候群，另外你還有嚴重的記憶錯失和幻聽症狀。」

「解離性身分疾患？」江坤寒頓時不解，那對他來說是個陌生的名詞。

「事實上，並沒有江依依這個人存在，從頭到尾都是你，也只有你。」醫師望著江坤寒，認眞地表示。

「什麼？」江坤寒露出不可置信的神情，「這是什麼糟糕的玩笑嗎？」

「很可惜，並不是。」醫師翻開面前的資料，不帶感情地說，「這是你的出生證明和以前的戶籍資料，你家從來沒有一個叫做江依依的人。你在嗑藥過後被送到勒戒所，你繼父也跟著接受調查，最後警方在你繼父的電腦中發現了對兒童猥褻的相關影片，所以他被抓去關了，你也被送到親戚家，前幾年他才假釋出獄。」

江坤寒感覺自己的整個世界都在撼動，虛假的外殼緩緩剝落，露出了裡面的眞實。

「不，不是的……我眞的看見江依依了！」

「很遺憾的，江先生，依照你的說法，你看見的應該不是江依依，只是在鏡中被猥褻的自己。」醫師繼續說明。

「那嗑藥呢？妳是說我才是嗑藥的那個？我見到的也是鏡子當中嗑藥的自己？我過去和江依依的對話，全部都是假的嗎？」

「江先生，我想你已經知道答案了，所以這部分我們就先不要討論太多，我怕你一時之間接受不了。」

「不……這不可能。」江坤寒抱住自己的腦袋，用力到讓頭部都在發疼。

「江先生，很抱歉，這就是現實。」醫師緩緩地說，「人是一種十分奇怪的生物，當打擊強烈到無法承受時，有些人便會選擇塵封或遺忘記憶。不過你的情況不太一樣，你創造出了江依依替你承受痛苦，江依依消失的時間點差不多就是你被送去勒戒治療的時候，可見是因爲跟繼父分開了，江依依的存在才消失的。江先生，這就是你的狀況，我會開些藥給你吃。」

「……吃藥有用嗎？」江坤寒絕望地扯出一笑。

「至少可以讓你不要胡思亂想。」醫師低嘆一聲，繼續在紙上寫下一些紀錄，然後抬頭用輕柔的嗓音說：「別那麼傷心，你確診了，這份病歷也許可以救你一命。」

記憶被掀開了一角，江坤寒漸漸想起了眞實的情況。

那個燥熱的夏日夜晚，繼父壓在自己身上的重量，使他疼痛又害怕得渾身發抖。他想起了染上毒癮後的黑暗日子，他總是像發了瘋一樣掙扎；他想起了自己第一次見到莫刑時內心湧現的憤怒，他是看見了自己，過去的自己。

江坤寒聽見笑聲，他知道那是腦袋裡的聲音在嘲笑他，喊他「瘋子」。

「閉嘴。」江坤寒敲著腦袋。

醫師看著他，淡淡問了一句：「你是在跟我說話嗎？」

「不是，是跟腦中的聲音，它常常出現，過一陣子才會消失。」

「喔。」醫師應了一聲，沒多說什麼就又重新振筆疾書。

江坤寒明白醫師對他一點同情心也沒有，醫師見過太多大風大浪了，早就習慣了病人的負面情緒轟炸。江坤寒甚至認爲這樣挺好的，他並不想接受別人的憐憫。

他呆呆地坐在原位，盯著那面米黃色的牆壁。

「醫師，告訴我，我的記憶裡到底有什麼是眞實的？難道全是虛假的嗎？我該怎麼分辨眞實和虛假？」江坤寒茫然地說，露出少有的挫折神情。

「我可以告訴你，現在的你是眞實的，你所經歷的情緒也都是眞實的，你的恨是眞實的，你的愛也是眞實的。」醫師這麼回答。

此刻江坤寒覺得自己脆弱得像一片風中隨時可能墜落的枯葉，他發現在這種情況下，自己居然仍是如此想念莫刑，無時無刻，從未停止。

至少莫刑是眞實的，他所帶來的每一次碰觸都是眞實的。

江坤寒因爲這件事而感到了些許安慰。

開庭的那天來得要比想像中快多了，江坤寒被帶到了被告的位置，對面則站著檢察官。

燈光很亮，冷色的日光燈管帶著淺藍色澤，令整個空間的氛圍更顯冰冷。

江坤寒一偏頭，看見了坐在後方證人席的莫刑，於是對著莫刑微微一笑。

接收到笑容的瞬間，莫刑宛如被敲了下，渾身僵住了，交握的手指微微顫抖。

江坤寒被羈押的這段期間，家門外一天到晚被記者擠得水洩不通，莫刑連去上班都有困難，更不要說來見江坤寒了。

他沒想到只是隔了一陣子而已，思念竟會像這樣將他吞噬。

葉永良拍了下江坤寒的肩膀，指示他坐下。

一般來說，江坤寒並不喜歡葉永良這類舌燦蓮花的人，可是眼下他的命運基本上掌握在葉永良手裡，他不得不好好配合對方。

冗長的流程讓江坤寒昏昏欲睡，他不耐地不斷變換姿勢，幾乎就要待不下去，經過彷彿有數小時的漫長時光後，葉永良才站了起來，準備替江坤寒辯護。

眾人的視線頓時集中在葉永良身上，在帶著打探的目光下，葉永良用低沉的嗓音開始陳述：「被告江坤寒承認他殺死了莫刑的母親，也就是王茜女士，不過並非謀殺，而是正當防衛。」

法庭中一瞬間出現了些微騷動，葉永良抓住這個機會又說了下去：「依現場的跡證可見，死者王茜將自己的兒子莫刑囚禁在暗無天日的房間當中賣淫，而被告江坤寒勇敢地前往援救同事，卻在過程中跟死者王茜起了衝突。是王茜女士率先攻擊被告江坤寒，被告江坤寒只是在反擊時不小心用力過猛，誤殺了王茜女士，這應該要算是正當防衛。」

「我反對。」年輕的檢察官立刻開口，但很快就被法官制止繼續發言。

葉永良走到法庭中央，那裡是他表演的場地，江坤寒能不能順利脫罪，就全看他這次的表演是否成功了。

葉永良拿出了身心科醫師的診斷書，上面寫著江坤寒具有嚴重的精神問題，而起因是小時候遭到繼父性侵。

「因爲年幼時受到了暴力的性虐待，被告江坤寒的精神出了非常大的狀況，爲了逃避這個事實，他的大腦創造出了另一個人格，從那天開始，被告江坤寒就以爲自己有了一個名叫江依依的姊姊。」葉永良的手在空中揮舞，繪聲繪影地述說這個悲慘的故事。

「江依依幫江坤寒承受了大部分的痛苦，可是在心底最深處，江坤寒從沒逃離過被性侵的不堪記憶，死者王茜虐待兒子的行爲深深刺激了他。是的，江坤寒可能一個不小心殺死了王茜，但誰能責怪他的激動呢？那並不是他的本意啊！」

說到這裡，葉永良停了下來，法庭內很靜，只有書記官敲擊鍵盤的細碎聲響。

葉永良非常喜歡這個時刻，他知道大家被這個故事吸引了，這樣他的勝算就增加了一點。

莫刑震驚地瞪大雙眼，他不敢相信那些有關江依依的回憶都只是江坤寒的另一個人格。

他無法想像是怎樣的絕望，才讓江坤寒必須創造出另一個人格來承受痛楚，更無法想像在那個被侵犯的夏日夜晚，江坤寒有多恨。

莫刑忍不住轉過去看江坤寒，而江坤寒只是低著頭，一言不發。

葉永良還在滔滔不絕說著：「被告江坤寒太過慌張了，所以毀損了王茜的屍體，不過與此同時，他善良的本性令他決定把飽受虐待的莫刑帶回家照顧。被告江坤寒幫莫刑戒了毒，找到一份新的工作，使其回歸正常社會，你能說他不善良嗎？請別因爲一次失足就毀了這個年輕人的大好前途，更何況他是爲了救人，他也眞的救了一個人！」

這番話讓江坤寒幾乎就要笑出來。他會將莫刑帶回家，只是因爲他當天太累了，沒辦法再多殺一個人罷了。

誰知道呢？葉永良就這樣把他形容成了一個天使般的好人，更可笑的是，法官和旁聽的眾人好像還挺買帳。

最後，葉永良做出結論：「這樣的一位年輕人，請求法官仔細考量，他依舊是個善良的人。」

陳述完畢，葉永良抖了下西裝，返回原位坐下。他靠向江坤寒，低聲說了句：「剛剛應該很順利。看來我們頗有勝算，而且今天莫刑有來，他的證詞也是替你脫罪的關鍵。」

江坤寒愣了愣，他想轉頭去看莫刑，又覺得不太妥當，於是克制地維持著原本的姿勢。

緊接著，檢察官站了起來，開始細數江坤寒的罪刑。

檢察官的話語在江坤寒耳中成了細碎的雜音，他聽見對方指控他是個「殺人犯」、「做案手法凶狠毫無猶豫」，以及「有吸毒前科」。

檢察官顯然試圖用激烈的口吻來強調他的罪狀，可惜等級跟葉永良差遠了，似乎沒多少人動搖。

果然花錢請的還是有差。

江坤寒嘆了口氣，他不得不佩服葉永良眞的是有兩把刷子，輕易輾壓了經驗不足的檢察官。

莫刑緊張得掌心不斷出汗，整間法庭的氣氛壓抑而嚴肅，緊繃得像是隨時都要將他吞噬。

「傳喚證人！」

法官的聲音讓原本因害怕而攪扭著雙手的莫刑馬上站直了身子，用極度不自然的姿勢往前走。

證人臺上放了一張宣言，莫刑慢慢地唸出來，由於過度緊張而結巴了幾次，臉頰上也浮現了細細的冷汗。他不喜歡被當作目光焦點，這種被放在眾人眼底檢視般的感覺讓他坐立難安。

好不容易將宣言唸完，莫刑接下來還必須接受律師和檢察官的輪番轟炸。葉永良率先提問，他以凌厲的目光注視莫刑，問道：「請陳述一下，案發當天，你看見了什麼？」

「我母親把我鎖在房間裡，給我打了很多毒品，我沒辦法動彈。江坤寒是來救我的。」莫刑努力保持平靜，只是語調依舊難掩緊張。

「好的，請告訴我們，關於死者王茜和被告江坤寒之間的打鬥，是誰先攻擊的呢？」

莫刑沉默了一下，之後緩緩回答：「是我母親，王茜。」

「好的，接下來請你說明，你後來爲什麼會去江坤寒家住？」

「因爲我不曉得還有哪裡可以去了，江坤寒對我很好，我想可以信任他，所以去了他家。」

「那江坤寒有幫助你嗎？」

「有。他幫我戒了毒，我還找到了新的工作。」

葉永良對莫刑的回答簡直不能更滿意，他看向法官，簡單說了一句：「謝謝，我的詢問結束。」

之後輪到檢察官站起來，嚴肅地對莫刑問道：「被告江坤寒把你帶回家後囚禁了起來，為什麼？」

「為了幫我戒毒。我有戒斷症狀，不關起來不行。」莫刑極力控制著嗓音，避免失去鎮定。

「他為什麼不直接送你去勒戒所？」

「我不清楚，但我知道他想幫我。」莫刑終究還是緊張起來。

「那再請問你一件事，你跟江坤寒是情侶關係嗎？」檢察官厲聲問。

旁聽席又出現騷動，隱隱的壓力令莫刑感覺世界扭曲了，整個胸腔猶如被壓縮了一樣難受。

他微微回頭，望了一眼坐在被告席的江坤寒，江坤寒也正看著他，用唇語對他說了三個字：「說實話。」

於是莫刑深吸了口氣，很輕地說了一聲：「是。」

旁聽席的騷動更加明顯了，檢察官像是終於出了一口氣，義正詞嚴地表示：「江坤寒將證人莫刑囚禁的動機不明，且被告江坤寒是正當防衛這一點無從證實，證人莫刑當時身上被注入了太多毒品，明顯神智不清，所以他的證言並不能採信。更何況，他們還是情侶關係，莫刑很有可能包庇被告。」

莫刑聽了之後不禁有些慌，他在無措當中被叫了下去，渾渾噩噩地回到了證人席。

四周細碎的討論聲越來越大，彷若夏夜惱人的蟲鳴，朝他席捲過來。

莫刑的身子失去了力氣似的發軟，他再度偏頭，望著江坤寒的側臉，發覺江坤寒也盯著他，並且像是什麼事情都沒發生似的向他露出微笑。

隨後法官敲了兩下木槌，宣佈休庭。

江坤寒的案子鬧得沸沸揚揚，記者們用聳動的誇張詞彙來形容他，說他是一個殘忍的殺人魔，是家暴的受害者，但又是個拯救受虐者的英雄。

由於爭議性極高，此案在社會上掀起了軒然大波，各大媒體全都拚了命地報導和談論。

案子審理的時間十分漫長，一拖就過了好幾個月。如今江坤寒倒覺得被羈押也挺好，外面的記者個個都是追著屍臭味的禿鷹，他一出去肯定會被團團包圍，攻擊得體無完膚。

偶爾莫刑會來見他，雖然時間不長，不過江坤寒已經不敢多奢求什麼了。

莫刑的生活也受到了不小的影響，每天在家門口和工作地點都被圍堵，所幸花店並沒有炒了他，Sunny對他也十分保護，有時還會幫他趕走記者。

葉永良應該是江坤寒最常見到的人了，透過這位律師帶來的報紙，江坤寒明白了案子的前因後果。

雖然報導中只寫了柳小姐，不過江坤寒用膝蓋想也知道是柳曉安偷了莫刑的手機，找到莫刑的家，牽扯出了這一連串事件。

江坤寒，眞沒想到你會栽在一個沒怎麼注意的女同事身上啊。

他不禁在內心自嘲。

葉永良把報紙放下，對江坤寒說：「雖然審理的時間拖得很長，我們的勝算還是相當高，別擔心。」

「我不擔心。」江坤寒平靜地拿起報紙，撕下一塊正方形，開始緩緩摺了起來。

「你好歹也表現出一點喜悅吧，我們快贏了。」

江坤寒輕笑了下，「律師，這樣眞的好嗎？我覺得自己可不是完全無辜的，如果判得太輕，你不覺得是種對正義的褻瀆嗎？」

「別廢話了，這世上哪有人是完全無辜的。你曉得我爲什麼成爲律師嗎？」葉永良轉向他，嗓音低沉，「小時候我家裡很窮，我弟弟不學好，跑去加入幫派，還扯進了鬥毆事件鬧上法院。我家沒錢請辯護律師，政府幫我弟弟弄的那個律師又不專業，他最後被關了快十年。從那之後，我就立志要讀法律，總有人值得第二次機會。」

「可是有的人不值得。」江坤寒直盯著他，「那些罪大惡極的人，你也心知肚明的吧，但你還是替他們辯護了，對嗎？」

「不管怎麼樣，他們都需要一個律師。而且我沒做過違反職業道德的事，我只是盡力幫助別人而已。」葉永良抖了一下自己的西裝，那似乎是他的習慣動作。

「你聽起來像個律師。」江坤寒說著，持續翻摺手中的報紙，最後將一隻紙鶴放在葉永良面前。

葉永良瞧了眼紙鶴，而後站起身，再抖了下西裝，「早點休息，我們都辯得差不多了，判決結果應該快要出來了。」

江坤寒的案子一路上訴到最高法院，判決終於在一個微涼的秋日下午出爐。

兩年四個月有期徒刑，罪名是毀損屍體。殺人行爲被當作是正當防衛，罪名不成立。

一時之間，舉國譁然，關注著此案的記者們一下子全瘋了，沒多久判決結果便登上了各大新聞媒體。

江坤寒一踏出法院就被閃光燈給刺痛了眼，他皺著眉，穿過那群拚了命把麥克風往他臉上堵的記者，準備回看守所。

江坤寒覺得挺累的，擠上來的記者們臉孔扭曲著，猶如陰魂不散的鬼魂一樣讓人討厭，還不停地拋出一些他根本不可能回答的問題。

外頭的雨很大，將世界都模糊了，記者們的吵嚷又令眾人被分散了注意力，因此誰也沒注意到有個人擠過了一個個記者，靠近了江坤寒。

江坤寒冷不防聽見三聲巨響，好像有什麼東西爆破了，他在當兵時聽過類似的聲音，不過是頗久以前的事了。

那是開槍的聲音。

高亢的尖叫冷不防爆出，幾乎要震破眾人耳膜，記者和攝影師們頓時害怕地四散逃竄，場面混亂。

保全衝過來抓住了江坤寒，而江坤寒往後踉蹌了兩步。他把手放到腹部，那邊逐漸濡濕，並且相當疼，一陣陣劇痛如浪潮般侵蝕著他的身體。

江坤寒舉起自己的手，上面沾染了紅色的黏稠液體。

他忽然有點想笑，他摸過各種不同的血，像是貓的，鳥的，還有人的。可是他很少碰自己的血，更何況是這麼多血，彷若在抽乾他的生命似的，不斷往外流淌。

聽說人在死前，以往的經歷會像跑馬燈一樣從自己眼前掠過，江坤寒以前總當笑話聽，如今卻發現那是真的。

在人們恐慌的驚呼和大雨之中，江坤寒倒了下去。

雨點無情地打在他身上，浸濕的髮絲黏在他的臉龐，他的血液在潮濕的路面蜿蜒擴散，鮮紅得怵目驚心，遠遠看去像是一幅廉價的現代藝術作品。

然後江坤寒的世界轉黑，徹底昏了過去。

第九章　迷迭香

不管莫刑走到哪裡，都能看見江坤寒被槍擊的新聞。

小吃店裡的電視不斷放送著相關報導，一打開手機，首頁自動推送的話題也是江坤寒的事件。

一開始得知江坤寒遭到槍擊，莫刑全身的血液都凝滯了。他焦慮扯著自己的頭髮，並且聽見了奇怪的呢喃，過了很久他才發現那是自己說話的聲音。

他顫抖著打了電話給幫江坤寒辯護的葉永良律師，近乎崩潰地尋求意見。

葉永良安慰了莫刑一陣，之後告訴他要趕快去申請探視，這樣才能見江坤寒。

顯然監獄醫院不足以治療江坤寒，所以他被轉到了外部醫院。

莫刑用最快速度完成了申請，連他都驚訝於自己的效率。如果是以前的他，可能早就嚇得什麼都做不了了。

由於莫刑是案件相關人士，探視的申請不太順利，遇到了許多困難才勉強過關。莫刑立刻跟店裡請了假，拿著證件就跑去了醫院。

消毒水的氣味充斥著鼻腔，莫刑走進江坤寒的病房中，渾身緊繃。這是一間單人病房，顯然是要將江坤寒跟其他人隔開來。

見莫刑進來，原本在看電視的江坤寒愣了下，表情流露出訝異和欣喜。他剛動完刀沒多久，看上去相當虛弱，臉上幾乎沒有血色。

「你來了。」江坤寒半睜著眼，聲音微弱，「我還在想到底什麼時候才能見你。」

莫刑的出現確實讓江坤寒驚訝，他以爲莫刑會因爲打擊和害怕而把自己關在屋子裡，沒想到對方居然冒著被記者圍剿的風險，來到了他的面前。

或許莫刑早已變得比他想像中要勇敢得多。

江坤寒忍不住暗自感慨。

在純白的病房當中，莫刑緊抿著唇，沉默地走近江坤寒，傾身抱住了對方。他的動作極輕，生怕太大力會扯動江坤寒的傷口。

莫刑發現自己已經很久沒有碰觸江坤寒了，這幾個月以來，江坤寒似乎瘦了不少，抱起來的感覺變得單薄，讓莫刑有些心疼。

「我不能進來太久。」莫刑放開江坤寒，拉了一把椅子在床邊坐下，小聲地問：「你還好嗎？」

「還好，醫生說我命大，子彈都沒射中重要器官，開完刀的隔天就脫離危險了。」江坤寒笑了笑，抓住莫刑的手拉到唇邊親了一下。

這個回答令莫刑安心不少，他鬆了口氣，將目光轉向開著的電視。

電視上正在播放有關江坤寒的新聞，江坤寒最近完全是媒體的寵兒，各家記者簡直不能更喜歡他。

除了案件本身爭議性高，判決下來後居然還遭到槍擊，根本是最佳的炒作題材。短短幾天內，電視臺就製作了特別節目，節目來賓彼此爭論著江坤寒這個罪犯的審判結果。

對江坤寒開槍的嫌犯很快就被逮捕了，媒體自然不會放過挖掘嫌犯個人資料的機會，沒多久就爆出對方是一名剛成年的年輕男性。

去年看到新聞報導後，該名男性就開始關注江坤寒，並聽信了各種誇大的謠言和猜測，認爲江坤寒是個連環殺人兇手，於是決定要替天行道。所以，他才會等在法院外頭，一得知判決不如己意就犯案。

那些關於江坤寒的新聞永無止境地播送著，莫刑的胸口一窒，拿起病床邊的遙控器切換頻道，轉到一個外國的烹飪節目。

江坤寒捏了捏莫刑的手，用虛弱的聲音問：「怎麼了？」

「我不喜歡媒體那麼說你。」莫刑神情無奈，帶著一絲難受。

「沒關係的，我不介意，我最近看新聞都沒什麼感覺，腦中的聲音也小了很多，我想是因爲藥的關係。」

「什麼藥？」

「身心科醫師開給我的藥。」江坤寒又笑了下，「那種藥讓我整個人昏昏沉沉的，常常思考到一半就中斷了，腦中的聲音說話到一半也會突然斷掉，遇到不愉快的事也不會生氣。我不確定這是好事還是壞事，應該是好事吧？至少那個聲音幾乎不見了，眞怪。」

莫刑不曉得該說什麼，他只能握緊江坤寒的手，緊得宛如再也不會放開。

江坤寒嘆了口氣，「當我中彈的那刻，其實我正在想，啊，我眞是活該。」

「不是那樣……」

「不必安慰我了，莫刑，你明白我在說什麼。」

「別這麼說，別放棄，別離開我。」莫刑的嗓音緊張得微微發顫。

江坤寒沉默了一會，喃喃地說：「莫刑，你知道嗎？我在死前看見了人生的走馬燈，那是很詭異的經驗，過往的一切都從眼前飛過，好像一部快轉的電影，我還以為自己瘋了。」

「那你看見了什麼？」莫刑問。

「我看見了你。」江坤寒抬頭對上莫刑烏黑的眼眸，彷彿要將莫刑看透一般，然後又說了一遍：「我看見你了。」

江坤寒記得很清楚，那時他的意識逐漸遠去，槍傷帶來的劇痛似乎也逐漸消失。

往事開始在眼前播放，他記得那個夏日的夜晚，繼父猛然插入他體內的疼痛；他記得母親死去的時候，床上的血暈染開來，像一幅糟糕的畫作，但他發現自己其實沒那麼恨母親了，甚至有點想念那個女人的笑容；他記得自己偶然在夜店接觸到迷蝶，然後因爲嗑藥過度險些讓自己喪命。

最後，他看見了莫刑，莫刑笑著的模樣，莫刑難過的模樣，莫刑擔憂的模樣，還有莫刑哭泣的模樣。

啊，如果我死去的話，莫刑應該會非常難過的吧。

在清醒和昏迷的交界，江坤寒忽然萌生了這個想法。他覺得這世界很糟，自己很糟，所有一切都很糟，可是他想爲了見到莫刑而活下去。

外面的警官敲了幾下房門，吼了一句：「時間到了，快出來！」

莫刑只好鬆開江坤寒的手，站起身，無措地承諾：「我該走了，我之後會再遞出申請，很快就來看你。」

江坤寒微微笑了笑，「快來吧，你和葉律師可能是唯二會來見我的人了。」

繼父當然是不會來找他的，同事們得知他犯下那麼駭人的罪行後，也不可能再與他聯繫，江坤寒的工作自然是丟了。

雖然江坤寒青少年時期短暫地由親戚照顧過，但親戚們始終沒有接納他成爲家裡的一分子，所以他一成年便立刻搬出去了，之後也不再往來。

身邊眞正親近的人，數來數去就只剩下莫刑了。

莫刑略一遲疑，忽然伸手捏住自己衣領的鈕扣，迅速一扯把鈕扣給扯了下來，交到江坤寒手中。

「這個給你，我不能帶東西進來，如果你之後想念我了就看看它。」莫刑說完，傾身親了下江坤寒的額頭，蜻蜓點水般的溫柔力度，留下一個不捨的印記。

病房外的警官又不耐地吼了起來，莫刑只好匆匆和江坤寒道別，走到病房門口。踏出病房前，他忍不住回頭望向江坤寒。

這並不是一間太大的病房，外頭正下著滂沱大雨，豆大的雨滴敲打在玻璃窗上，不斷地往下滑落。江坤寒側著頭，呆呆盯著手中的鈕扣，他最近沒能再去染髮，髮色褪成了原本的黑色，身上穿著一件淡色的舊T恤。

莫刑記得江坤寒之前要更壯碩一點的，身上還有肌肉，如今卻憔悴了許多。不過他還是覺得江坤寒長得十分好看，雖然不是俊俏得媲美明星，可他很喜歡，江坤寒身上帶著一種淡淡的寂寞，令他總是移不開視線。

莫刑把江坤寒現在的模樣牢牢地刻在腦海中，他不確定下次見面會是什麼時候，只能拚了命地抓住能看著對方的機會。

隨後，莫刑轉開了門把走出病房，一路走到醫院外。他來的時候沒帶傘，只能淋雨回去。

走沒兩步，莫刑忽然停下來，回頭望著醫院建築。在一間間的病房之中，江坤寒就住在其中的一間。

他不知爲什麼驀地有些難過，於是別過頭去，迅速離開了。

司法系統當然不會讓江坤寒舒舒服服地一直待在醫院，等確定江坤寒身體狀態穩定後，警方就把他押到了監獄裡服刑。

監獄的環境沒有想像中那麼糟糕，或許是因爲江坤寒先入爲主地把監獄當作了地獄，實際進去之後，他居然感覺比預期中好太多了。

雖然罪名是毀損屍體，獄友們仍把他當成眞正的殺人犯看待，而諷刺的是，殺人犯在監獄內的地位挺高的，沒人敢招惹他。

再加上江坤寒被迫服用精神藥物，獄友們都以爲他是見人就捅的危險角色，這讓江坤寒的監獄生活異常順利。

坐牢確實很無聊，但至少睡他上鋪的室友跟他滿合得來的，室友的綽號是黑炭，至於本名不怎麼重要。

江坤寒相當慶幸自己遇到了黑炭，雖然黑炭講起話來無比煩人，一開口就不會消停似的，然而也因爲黑炭成天叨念，讓江坤寒一進來就得知了這裡誰是老大、誰是管廚房的、哪個獄警特別凶，避開了許多和人起衝突的可能。

即便是在監獄當中，江坤寒的社交手腕依然爲他帶來了不少好處，且由於藥物的關係，他的情緒變得極淡，有時候幾乎像木頭一樣，冷靜得不會受到挑釁。

唯一讓江坤寒難受的是，他跟莫刑有很長一段時間無法見面了。莫刑不是他的血親，必須過好一陣子才能被准許來探視。

江坤寒找來了一條線，把線穿過莫刑給他的鈕扣孔做成一條項鍊，掛在自己的頸上。項鍊的長度正好到他的胸口，就像把莫刑懸在了心臟的位置。

項鍊很快就被黑炭發現了，江坤寒還因此被纏著問了一堆問題。

「欸欸，江哥，你在做什麼啊？你什麼時候搞來的項鍊，我居然不知道！我上次看到劉大哥也有一條，最近大家是喜歡項鍊嗎？還是我也要去弄一條來？你覺得什麼款式比較好啊？」待在上鋪的黑炭彎下腰來，問著下鋪的江坤寒。

江坤寒比黑炭要大兩歲，所以黑炭總在他身後「江哥江哥」地叫，江坤寒都覺得自己被叫老了。

「不算是項鍊，只是顆鈕扣罷了。」江坤寒輕描淡寫地應道。

「鈕扣？你怎麼會帶個鈕扣在身上啊？有什麼作用嗎？是類似護身符？現在鈕扣可以驅邪嗎？我需要一顆驅邪用的鈕扣！對了，你知道昨天隔壁的大塊頭突然找上我……」

聽黑炭越扯越遠，江坤寒趕緊打斷：「只是個紀念品罷了。」

「紀念品？哦，我懂了！我猜是女朋友給你的，對嗎？真好啊，江哥，我從來沒交過女朋友啊！好想要有女朋友啊！軟綿綿的，抱起來舒服，而且還香噴噴的，你說女孩子怎麼就跟男人不一樣呢？欸，江哥，你喜歡怎樣的女孩子啊？胸部大嗎？女孩子是不是都很麻煩？談戀愛好玩嗎？」

談戀愛好玩嗎？江坤寒聞言不禁莞爾。

不，不好玩。

每一次分離的疼痛，燒灼般的嫉妒，以及那些不斷滋長的不安全感都不好玩。可是與之相伴的，是那些溫柔的纏綿，激情的相擁，彼此鬥嘴的甜蜜，使他心甘情願地被這段關係綑綁，不願鬆手。

江坤寒的嘴角牽起一笑，沒多說什麼，只是把鈕扣塞回囚衣底下，翻身說了一句：「睡吧，等你有了女朋友再說。」

原以爲對話就這樣結束了，沒想到隔了一陣子，黑炭又從上鋪探出頭，試探著問：「欸欸，江哥，江哥，你睡了嗎？」

話怎麼這麼多，還不回去睡覺！

由於太過煩人，江坤寒索性不理黑炭了，依舊閉著眼，假裝沒聽到。

「江哥，江哥？好吧，你睡著了也沒關係，我就說了吧，一直憋著也不舒服。」黑炭嘆了口氣，開始自言自語，「隔壁的大塊頭好像喜歡我啊，最近每天都拿東西過來，動不動就抱我。我想跟他說話，但大塊頭好像有點智力不足，我不太懂他要表達什麼。」

戀愛煩惱！

江坤寒內心一驚，他沒想到黑炭居然在監獄裡被人追了，而且對方還是隔壁間的男人。抱著好玩的心態，江坤寒也不出聲了，繼續閉著眼睛裝睡。

毫不知情的黑炭就這樣繼續說了下去：「我覺得要是能直接拒絕就好了，不過我也不討厭大塊頭，有時候他沒來我還挺寂寞的，感覺我其實也喜歡他……」

「什麼？」這下江坤寒憋不住了，直接從床上坐了起來。

黑炭愣了兩秒，才近乎尖叫著說：「江哥你居然還醒著啊！你什麼時候醒的！」

「噓，閉嘴，被獄警聽到就麻煩大了。」江坤寒小聲喝斥，「我從一開始就在聽了。」

黑炭又停了兩秒，之後再度嚷嚷：「江哥你竟然裝睡！你怎麼可以故意不理我！」

「就跟你說小聲點了！」江坤寒敲了一下上鋪的床板，黑著臉，「關於那個大塊頭，你還有什麼要說的嗎？」

「我已經說完了啊，江哥，我只是不曉得要怎麼辦。」黑炭用氣音回答，語氣可憐兮兮的。

江坤寒露出無奈的神情，問了一句：「你確定自己也喜歡大塊頭？」

「好像是啊！怎麼辦，他是男的！我的夢想是帶著軟綿綿的女孩子去遊樂園玩，這跟我想像中的不一樣！而且這裡是監獄，不是個出櫃的好地方啊！男同性戀有時候很危險的啊！」黑炭乾巴巴地說。

「我也不能給你什麼建議，不過我能告訴你，愛情往往毫無道理，別後悔就好。」江坤寒低聲說。

黑炭難得安靜了下來，後半夜裡也沒再說話，像是陷入了長長的思考。

習慣是一件很可怕的事。

莫刑漸漸習慣了記者跑來採訪，或者邀他上節目，也漸漸習慣了被指指點點的日子，還習慣了在網路上收到各式各樣的威脅和恐嚇。

他不喜歡這些，然而跟過去的悲慘經歷相比，這點輿論壓力他居然不怎麼怕了。

站在花店裡，莫刑拿著老闆的相機幫一株百合花拍照，清脆的快門聲不時響起。

最近老闆想做點網路行銷，所以找人架了網站，莫刑和Sunny要負責把店內的植物拍照後上傳。

拍照的工作一向是由莫刑負責，他所拍出的植物有種奇特的美感，光影變化迷離，每株植物都像在訴說著一個故事，一首歌，或是一句詩。

拍完了百合，莫刑來到Sunny身邊，把相機遞到同事面前，「我拍好了，妳看看喜歡哪一張？」

「我美感很爛，看起來都差不多，你挑吧。」Sunny頭也不抬地回應，她正在把蝴蝶蘭的照片上傳至網站。

莫刑靠在櫃檯邊，一張一張地瀏覽照片，他伸手碰了碰螢幕上的百合花，隨後帶著一絲猶豫開口：「Sunny……妳願意接家教嗎？」

「啊？什麼家教？」

「高中課程的家教。」

Sunny大笑了幾聲，直接地說：「我高中學的都還老師了，是誰需要輔導啊？」

「我。」莫刑抬起頭，指了指自己，「我想去考大學。」

「欸？你認眞的嗎？」Sunny訝異地睜大眼。

「對……我想這樣……應該比較好。」莫刑莫名緊張了起來，講話越來越小聲。

Sunny思索了一下，然後擺擺手，「如果是你的話就不收錢啦，你明天去買習題過來吧，有什麼問題隨時問我，我會盡量幫你解答，或是替你問學霸哈哈。」

「好，謝謝妳。」莫刑感激地趕緊道謝。

不知怎麼的，Sunny還挺喜歡莫刑這個羞澀的男孩，他有點怪，喜歡待在角落，而且容易受到驚嚇，像是小貓一樣。他不圓滑，但是純粹，不會對她說謊或敷衍她。

正因爲這樣，Sunny在看到新聞報導時驚呆了，她對莫刑的經歷產生了同情，同時也無法相信莫刑會跟江坤寒這種危險的人鬼混在一起。

看著莫刑開心的側臉，Sunny忍不住暫停手邊的工作，「莫刑，你也知道我這個人說話直，所以我就直問了，如果你覺得冒犯可以不回答我。」

「嗯？」莫刑訝異地回過頭。

「那個新聞報導說的江坤寒啊，是你男友對嗎？爲什麼你會跟他在一起？他好像很危險。」

莫刑的心臟頓時漏跳了一拍，他又開始有點慌張，結結巴巴地說：「其實……他也沒那麼糟糕的，我、我也吸毒過，可是……」

「那不一樣啊，莫刑。吸毒跟殺人的等級是不一樣的，而且他有非常嚴重的精神問題。我不在乎你是不是同性戀，不過以交往對象來說，江坤寒並不是一個好的人選吧？他不是個好人啊！」

「我明白……但他也不是個壞人。」莫刑緊緊抓著相機，像是要把那臺黑色機器給捏出裂痕，「他就……他就只是個人，妳懂嗎？對我來說，他就只是江坤寒。」

Sunny難得露出茫然的神情，語氣充滿不解，「你到底爲什麼喜歡他啊？」

莫刑無奈地扯出一笑，輕聲說：「我也不知道。」

這個問題他想過很多次，最後決定不要再去探究了。

前幾天，莫刑躺在空蕩蕩的床上，眼前是一片漆黑。在深沉的寂靜當中，他忽然想念起了江坤寒。

他想起了江坤寒指尖細微的觸碰，江坤寒吐息的溫度，每處被愛撫過的地方都像燒灼般難耐。莫刑記得自己緩緩地褪下內褲，仰起頭，一邊低喃江坤寒的名字，一邊撫弄自己挺立的陰莖，很快就顫抖地射了出來。

注視著殘留白色液體的手心，他忽然發現他和江坤寒之間的關係一直都是這樣的，瘋狂又絕望，刻骨銘心又毫無道理。

Sunny搖搖頭，繼續敲起鍵盤，「莫刑，你有時候眞是個怪人。」

莫刑笑了下，這才稍微放鬆了身體，把相機遞到Sunny面前，「我們百合的照片放這張？」

Sunny湊過來瞧了一眼，相機的螢幕上顯示出一張向陽盛開的百合影像，看上去顯得無比純潔。

江坤寒面朝前方的玻璃窗，另一頭佇立著兩個人。

他成爲了三級受刑人，以這個身分就能接受朋友的會面，他終於能見莫刑了。

只不過令江坤寒意外的是，莫刑還多帶了一個人來。

望著窗外的葉永良，江坤寒拿起掛在旁邊的話筒，冷淡地說：「你怎麼出現在這？」

「我對自己的客戶一向都會服務到底。」葉永良低沉的嗓音從話筒裡傳來。

「少來這套，是因爲我的案子幫你打了不少免費廣告吧。」江坤寒嗤之以鼻，單刀直入地問：「到底是什麼風把你吹來的？」

「你繼父過世了，你要去參加葬禮嗎？如果你提出申請，也許獄方會准許你外出奔喪。」

「不了，我不去。」

江坤寒以爲自己會再開心一點，他腦中嗜血的那個聲音確實躁動了下，不過轉眼便安分下來。事實上，他一點感覺也沒有，或許是藥的關係，他覺得那個男人跟他已經無關了，就只是個陌生人，死去的陌生人。

葉永良又說：「你繼父有留一筆遺產給你，我負責處理這件事。」

「我不想接……」

「先別拒絕，聽我說。你現在沒工作，在蹲監獄，而且你的房貸尚未還清。你想想房貸繳不出來的後果是什麼？你的房子會被收回去，莫刑也將無家可歸。」葉永良迅速分析，「年輕人，你想清楚再說。」

江坤寒仰頭，重重地嘆了一口氣。

每次都是這樣，葉律師說的對。

江坤寒扶著額，萬分不願地同意：「好，我接受，但這不代表我原諒了繼父。」

「我從沒說過你必須原諒你繼父，我說過的是，放下無謂的自尊，做對自己有利的選擇。你還太淺了啊，年輕人。」

「我不確定變得跟您一樣世故究竟是不是好事。」江坤寒語帶嘲諷地用了敬稱，敲了敲玻璃，過了一會才補上一句：「這段時間謝謝你的幫忙了。」

「不用謝，我只是盡力完成我的工作罷了。」

又是這種官腔式回答。

江坤寒望著面前微禿的男人，忽然問道：「葉律師，關於你那個被判刑的弟弟，你現在出庭時還會想起他嗎？」

「說實話，我弟弟出獄後還是不學好，又跑回去混幫派，我已經很久沒有他的消息了。」葉永良的語氣少了一絲冷硬，多了一點點人味，不再像個冷冰冰的辯護機器，「我一開始確實是為了我弟進這一行的，不過待久了，客戶在我眼中已經只是流水線上一件件的工作而已了。」

江坤寒點點頭，他能理解那樣的無奈。

葉永良簡單地向江坤寒道別，然後把話筒交到站在後方的莫刑手中。

莫刑握住話筒的手輕輕抖著，他坐了下來，把手貼在玻璃上，直直盯著江坤寒，「你沒事吧？」

「沒事，你怎麼每次來都這樣問？」江坤寒牽動嘴角，露出溫柔的笑容，他放軟了語氣，宛如在哄著莫刑一樣，「我沒事，倒是你，沒有在外面偷偷亂來吧？」

莫刑愣了兩秒才反應過來，慌忙回答：「沒有，當然沒有。」

「確定沒有嗎？你們店裡那個女孩叫什麼？Sunny？」

「沒有！我跟Sunny不是那樣的！」莫刑有點急了。

「我開玩笑而已，你別激動，我知道你沒有。」江坤寒也把手貼上玻璃窗，試圖感受莫刑在玻璃另一側的掌心溫度，對著話筒嘆息般地說：「等我，我就快從這裡出去了。」

「嗯。」莫刑點了點頭。

我會一直等你。

這句話忽然從莫刑的腦袋裡冒出，可是太煽情了，所以他沒說出口，僅是對著江坤寒微笑了一下。

莫刑覺得江坤寒應該懂的。

江坤寒不清楚法律究竟是怎麼規定的，但他得知自己可以申請假釋了。

「你在假釋期間還是必須去接受精神治療。」葉永良認真叮囑。

「怎麼回事？我好不容易自由了，我的精神診斷也顯示情況穩定啊！」江坤寒擰著眉抗議。

「我知道，我知道，不過前陣子剛好有精神病患剛放出去就再犯，所以現在制度比較混亂。別擔心，不會持續太久的，而且你還不用住院，已經很好了吧？開心點啊，你可以出獄了。」葉永良安撫著。

出獄。

聽到這兩個字時，江坤寒不知爲何愣住了，終於重獲自由的感覺有點奇怪。

離開前，江坤寒去了一趟圖書室還書，他在那邊遠遠就瞧見了大塊頭和黑炭。

黑炭不曉得和大塊頭說了些什麼，大塊頭似乎不懂，只對著黑炭搖了搖頭。

黑炭顯然爲此感到有點喪氣，轉身要走，卻被大塊頭扯住。只見大塊頭一手拉著黑炭的手，另一手環住黑炭的腰，居然一副要帶黑炭跳舞的模樣。

他們到底在做什麼啊！

江坤寒不禁覺得好笑，又覺得他們能夠這樣也挺好，兩個人傻在一起。

看著眼前的畫面，江坤寒默默牽起了笑容。他想，自己應該會一直記得這一幕，在一個天氣微陰的午後，有兩個人在監獄中的圖書室裡翩翩起舞。

當莫刑揉著惺忪睡眼打開大門時，發現外面佇立著手捧一小盆迷迭香的江坤寒。

「我回來了！」江坤寒對莫刑喊，同時把迷迭香塞進莫刑手中。

「你……你怎麼在這？」莫刑茫然地說，睡意還未完全散去。

「我出獄了。」江坤寒把莫刑推進屋內，幫莫刑將迷迭香放到書櫃上，接著環住對方的腰。

「你沒先跟我說？」

「說了就不驚喜了。」江坤寒低頭吻了一下莫刑。莫刑身上散發著他熟悉的氣味，淡淡的奶香溫和又撩人。

他們太久沒見了，在唇齒纏綿當中，江坤寒的慾火轉眼間被點燃。他親吻的力度加大，還參雜著一點啃咬，莫刑喘著氣，整個人趴在牆上，他的褲子被江坤寒扯了下來，陰莖也被握住。

莫刑能明顯感受到江坤寒堅硬的下體正抵著自己，他的體溫升高，熾烈燃起的慾望不停叫囂，水泥牆面很冷，刺激著莫刑炙熱的肌膚。

每次跟江坤寒做愛，莫刑都感覺自己彷彿隨時都會融化。

莫刑把手伸到後方，掰開自己的臀瓣，乞求著江坤寒的進入。江坤寒摸索著解開莫刑胸前的鈕扣，一邊撫弄莫刑的粉色乳首，一邊輕輕嚙咬莫刑白皙的頸部，留下宣示主權的印記。

下一秒，江坤寒粗大的陰莖便插入了莫刑的後庭，他在莫刑耳邊發出粗重的吐息，迅速擺動腰肢，粗暴而赤裸地撞擊著莫刑的深處。

呻吟溢出莫刑的唇畔，然後又被江坤寒的吻給封住。

莫刑的腿微微發軟，他幾乎要撐不住身子，只能拚命攀著牆面，讓江坤寒扶住自己的腰，猛烈地抽插。

「太……大力、要……壞……大……」莫刑在極度的快感中含糊不清地說著，咬住江坤寒伸進他口中的手指。

「沒關係，我會修好你的。」江坤寒咬了一口莫刑的耳朵，細碎的吻落在莫刑背上，一隻手反覆地摩擦莫刑的下體。

沒多久，江坤寒率先射在了莫刑體內。溫熱的液體注入後庭，親密的交合令莫刑渾身興奮地顫抖，幾乎是同時射在了江坤寒手中。

「眞多。」江坤寒抽了幾張旁邊矮桌上的衛生紙，將手上的精液擦乾淨。

或許是太久沒做了，莫刑射出了一次後陰莖還是半挺著的。江坤寒注意到了，用戲謔的語氣說：「看來你眞的很想我。」

莫刑的臉頓時漲得緋紅，江坤寒輕笑一聲，把腳軟的莫刑抱起來，直接帶到了臥室。

下一刻，莫刑被扔在了床上，江坤寒爬到他身旁躺下，好整以暇地說：「上來。」

莫刑一開始怔住了，但他隨即控制不住自己的慾望，緩緩挪了過去，扶著江坤寒堅硬的陰莖，一點一點地坐下去。

主動的感覺十分新奇，莫刑一邊喘氣一邊感受巨物在體內肆虐的快感，他聽見江坤寒發出難耐的低吟，這使他更加積極地上下擺動臀部。

莫刑仰著頭，他喜歡這種被江坤寒填滿的感覺，他喜歡這種赤裸的肌膚接觸，這令他覺得自己被愛著。

他大開著雙腿，在持續不斷的淫靡撞擊聲中射精。被推上高潮的瞬間，莫刑發出源自強烈慾望的浪叫，濁白的液體灑在江坤寒的小腹上。

第二次的高潮過後，莫刑幾乎沒力了，於是江坤寒撐起身，將莫刑壓在床上，往他的深處猛烈侵略，最終再次射在了莫刑裡面。

太過猛烈的快感令莫刑的下半身彷彿沒了知覺，而江坤寒下了床，抓過一條掛在床邊的舊毛巾簡單清理了四周的狼藉，隨後回到莫刑身邊躺下。

「聽說你去考了大學？成績出來了嗎？」江坤寒把毛巾隨手一丟，靠在莫刑的耳邊問。

「嗯。」莫刑應了一聲，語調軟軟的，殘存著高潮後的餘韻。

「考得好嗎？」

「不太好，我可能沒辦法念園藝系了。」莫刑無奈地一笑。

園藝本來就不是熱門的科系，有設立的學校並不多，而且都是前段的學校。莫刑的成績不是太好，所以恐怕很難錄取。

「那你打算怎麼辦？重考？」江坤寒一挑眉。

「不，我打算去讀攝影和設計相關的科系，有些排名靠後的學校應該願意收我。」莫刑淺淺一笑。

「你怎麼都選這麼特別的科系？」江坤寒用指尖摸了摸莫刑的臉，溫柔地說：「不過你開心就好。」

「嗯。」莫刑翻了個身，伸手抱住江坤寒。他早上還沒睡飽便被吵醒了，現在又有了些睡意，因此就這樣黏著江坤寒緩緩闔上了雙眼。

他想像著有一天他會畢業，找到一份穩定的工作。

有一天他能跟江坤寒一起去動物園，完成看企鵝的約定。

他想像著有一天他醒來，房間裡會播放著那首呢喃細語似的歌曲，「I will love you」這句歌詞一遍遍地重複，空氣裡瀰漫著滿天星的香氣，江坤寒會對他微笑，笑容就像陽光灑落一樣燦爛。

莫刑衷心期盼著那天的到來。

（全文完）

番外一　潘朵拉的盒子

江坤寒精神方面的用藥劑量減輕了，雖然些微的戒斷症狀仍侵蝕著他，所幸不是太嚴重。

他不再像之前一樣昏昏沉沉的，即使曾被藥物壓制下去的聲音又回來了，但頻率不高，很久才會聽見一次，至少他能好好地跟聲音共處了。

江坤寒偶爾會外出走走，站在十字路口看人潮湧動，心想，這個世界上永遠都有光亮照不到的地方，在那種黑暗裡生存的人們，只能靜靜地互相依偎。

他工作找得不怎麼順利，這也是當然的，前陣子新聞鬧得那麼大，有誰敢雇用一個曾經在輿論風口浪尖上的罪犯？與此同時，莫刑卻已經確定了自己未來要讀的學校，兩人的立場換過來了。

在這樣的些微不安當中，八月到了。

八月，蟬鳴淹沒世界的季節，江坤寒坐在客廳的沙發上，凝視著一抹穿過玻璃窗碎在桌面的陽光。

不久，熟悉的腳步聲接近，他抬起頭，目光正好跟莫刑對上。

「早。」江坤寒抬起手，笑了一下，「你決定好去哪間大學了嗎？」

「我還不確定，真的好難選。」莫刑在江坤寒身邊坐下，看上去似乎有些苦惱。

江坤寒摸了摸莫刑的髮絲，安撫地說：「沒問題的，不管去哪我都支持你。」

莫刑靠上江坤寒的肩膀，深吸了一口氣，「Sunny建議我去一所位在外縣市的學校，可是這樣我就必須跟你分開了。」

「沒關係，你就去吧，我在這裡等你。」

莫刑縮到江坤寒懷中，他望向窗外因暖風吹拂而搖動的樹葉，輕輕說著：「我會很想你的，我會每週都回來，然後想辦法轉學考到近一點的學校。」

「我知道。」江坤寒揚起嘴角，沒有再說什麼，只是安靜感受著彼此依偎的片刻安寧。

隨後，江坤寒低低哼唱起一首曲子，反反覆覆的旋律，一遍又一遍地唱著那句呢喃似的「I will love you」。

莫刑不知不覺被吸引住了，這些日子以來發生了太多事情，他已經很久沒聽那張專輯了。

他抬起目光，發現江坤寒正凝望著窗外，細碎的陽光落在對方的睫毛上，隨著眨眼微微顫動。江坤寒的薄唇抿成一條線，上揚的弧度帶出一個笑容，陽光在他眼底折射出斑斕光芒，還映出了一小角蔚藍的天空。

時間像是慢了下來，莫刑嗅著江坤寒身上淡淡的洗髮乳香味，跟著露出了微笑。

莫刑覺得這個世界是潘朵拉的盒子，充滿著痛苦和絕望，但盒底仍殘留著一絲希望，而他的希望就名為江坤寒。

莫刑不知道未來會是什麼模樣，說不定會更好，說不定會更糟。至少現在，他可以告訴自己，一切都會沒事的。

只要江坤寒跟他在一起，那就會沒事的。

番外二　學校

莫刑遵守了自己的承諾，雖然他在外縣市讀大學，不過只要有空都會回來，陪江坤寒度過週末。

週日早晨，江坤寒難得比莫刑要早起。他半撐起身子，看著枕邊睡得正熟的莫刑，淺淺地一笑。

清晨的微光讓莫刑的神情更顯柔和，他裸著身子，身上殘留著昨晚的激烈痕跡。江坤寒低下頭，親暱地咬了一口莫刑的鎖骨。

些微的疼痛令莫刑緩緩醒來，他茫然地眨眨眼睛，用充滿睡意的嗓音問道：「現在幾點了？」

「早上九點。」

「九點了？」莫刑猛地睜大烏黑的眼眸，訝異地說：「那我差不多要回學校討論報告了！」

江坤寒聽了略感不滿，忍不住抗議：「這次這麼早就要走了？」

「抱歉，最近有一份重要的期末團體報告，我不想拖累跟我同組的學長。」莫刑愧疚地解釋。

聽見「學長」兩字，江坤寒頓時警戒起來，扭曲的酸澀感一絲絲從心底滲出，他明白那就是吃醋的感覺。

在莫刑去念大學後，江坤寒的不安日益強烈。一方面是因爲距離，他無法了解莫刑校園生活的眞正情況，另一方面是他擔心莫刑在學校碰到更加志同道合的人，於是選擇離開他。

他其實一直很怕，卻沒理由阻止莫刑一點一點地變得更好。想到這裡，江坤寒只能嘆氣。他翻了個身，直接掀開棉被，整個人覆在莫刑身上，有些粗暴地吻著莫刑的薄唇，同時曖昧地撫摸莫刑的腰側。

莫刑被弄得心慌起來，他推了推江坤寒，臉色微紅地低聲說：「昨天……已經做很多次了。」

「我知道。」江坤寒的手指攀上莫刑微微發硬的陰莖，慢條斯理地回應：「你走前再做一次就好。」

莫刑原本還想說些什麼，但江坤寒隨即加大了搓揉陰莖的力道，莫刑的話語頓時化爲破碎的甜膩呻吟。他不曉得自己爲什麼總是這樣，對江坤寒的碰觸似乎毫無招架之力，每次都迅速就軟了身子。

江坤寒分開莫刑的雙腿，將自己挺立的陰莖插緩緩入後穴，開始規律地撞擊，用力得彷彿想要在莫刑體內留下獨占的印記。汗水浸濕了江坤寒的髮絲，他伏下身，啃咬著莫刑微張的嘴唇，輕聲說著：「答應我，你不會丟下我。」

快感讓莫刑一下子回答不出來，他只能急促地喘氣，顫抖地重複著：「我……我……」

於是江坤寒放慢節奏，附在莫刑耳邊又說了一次：「說出來，說你不會丟下我。」

莫刑環住江坤寒的頸子，用飽含慾望的聲調隱忍著說：「我不會……離開你……」

他幾乎快要無法思考，只能夾緊雙腿，渴望著江坤寒的侵入。

江坤寒的不安終於稍稍得到緩解，他把手臂伸到莫刑背後，緊緊抱住莫刑汗濕的身軀，加快速度挺入。

莫刑張大了嘴，細碎的呻吟不受控制地溢出，他感受著在體內持續攀升的快感，最後猛地將腰一挺，射出了濁白的液體。

莫刑失控的呻吟刺激著江坤寒，他咬住莫刑的肩膀，隨之達到了高潮。他一下插到了最深處，並將精液留在莫刑體內。

帶著紊亂的氣息，江坤寒將下體抽離了莫刑，不過他沒有立刻離開，而是維持原本的姿勢，繼續摟著莫刑炙熱的身軀。

空氣中殘留著性愛的氣味，莫刑微微喘著氣，他輕輕抱住江坤寒，吞了吞口水後，不確定地問：「江坤寒……你剛剛……覺得我會離開你嗎？」

江坤寒的身子明顯僵了一下，他把頭埋在莫刑肩上，很慢地點了點頭，聲音有點悶：「我有多怕失去你，你是不會知道的。」

莫刑先是蹭了蹭江坤寒柔軟的髮絲，而後親著江坤寒的側頸，一字一句堅定地說：「我不會離開你的，江坤寒，我注定就要待在你身邊。」

莫刑不得不承認，上了大學後，他才認識到了這個世界的明亮多彩，而不是以爲只有永無止盡的黑暗。

可他永遠也不會忘記，當他身陷黑暗之中時，是江坤寒對他釋出了一絲善意，那使江坤寒從此在他心中變得特別，並且無可取代。

莫刑的承諾令江坤寒一下子安心不少，他緊緊地抱住莫刑，彷彿要把莫刑給揉進自己體內。

番外三　動物園

江坤寒發覺自己並不喜歡小孩。

一群孩子擠在江坤寒身旁，時不時以稚嫩的嗓音發出驚呼，高亢且吵雜的聲音把江坤寒弄得心浮氣躁，感覺自己像處在一群小怪物當中。

沒辦法，這裡是假日的動物園，而且還是在企鵝館裡頭，會有這麼多孩子一點也不意外。

這都是爲了莫刑。江坤寒努力地說服自己，忍忍就過去了。

面前的透明玻璃後棲息著一隻隻企鵝，少數幾隻企鵝留在陸地上，更多則選擇待在水中，牠們圓乎乎的身軀在水裡恣意游動，每次入水都拖曳出一串透明氣泡。

莫刑拉著江坤寒的衣袖，他烏黑的雙眸盯著面前的玻璃，眼底盡是興奮的光彩。

「江坤寒，謝謝你。」莫刑轉過頭來，語調充滿感激，「我終於看到企鵝了。」

因爲企鵝館中過強的冷氣，莫刑的鼻尖凍得發紅，模樣惹人憐惜。江坤寒迅速低下頭，蜻蜓點水地親了一口莫刑的鼻尖。

被突襲的莫刑一下子臉頰緋紅，他摀住自己的鼻子，漸漸連耳根都染上了粉色。

見莫刑如此害羞，江坤寒感覺心情好了不少。他摸摸莫刑發燙的臉，低聲地問：「你很冷嗎？」

「有點。」莫刑縮了下。

「那我們出去吧，也快到休園時間了。」江坤寒牽起莫刑冰冷的手，就這樣把他帶出了企鵝館。

外頭剛下過雨，空氣中殘留著潮濕的氣息。他們踩著斜陽往大門口走去，江坤寒淡淡問道：「今天玩得開心嗎？」

莫刑猛點頭，「下次再出來玩。」

「行啊，你還想去哪？」江坤寒答得自然。

莫刑的腦海頓時浮現各種可能的提案，他想和江坤寒坐在海邊，並肩欣賞清晨的第一道曙光；他想和江坤寒十指相扣，夾在擁擠的人群中逛街，或是跟江坤寒搭上飛機，到遙遠的異國旅行。

他想了許久，最後卻搖搖頭，握緊了江坤寒的手。

「其實只要跟著你，去哪都好……就算只是一起發呆都好……」

江坤寒倏地停下腳步，莫刑的告白聽著普通，卻讓他難以言喻地悸動。

他抬起莫刑的下巴，緩緩縮短彼此的距離，沒等莫刑反應過來，江坤寒就吻住對方。莫刑明顯緊張著，略乾的柔軟唇瓣微微顫抖。

這個吻很淺，江坤寒卻感覺自己和莫刑異常的親密。

去哪裡都好，他只想把自己所有的時光都留給莫刑。

後記 萬萬沒想到

一開始參加POPO華文創作大賞時，我心裡想著，「雖然不可能入圍，但是能參加比賽也挺有趣的」。

入圍之後想著，「能夠入圍就很開心了，還想得獎就太貪心了吧」。

得獎之後想著，「這大概是我的人生巔峰了，不要奢求可以出書」。

自認這本書的調性不太大眾，即使參加了頒獎典禮還是莫名的不安，一直覺得有哪裡弄錯了吧？也許不久後POPO就會通知我得獎名單有誤，要我把獎項還回去，為此我還做過許多奇怪的心理建設。

結果在得獎幾週後，收到了實體書的出版合約，現在還在這邊打著後記，簡直就像奇蹟一樣。

如果能穿越回一年之前對我自己說「妳會以BL作品出版實體書喔」，當時的我大概會露出尷尬又不失禮貌的笑容吧，或許還會露出看見傻子的表情也說不定。

《迷蝶香》涵蓋了我很多的第一次——第一次參加長篇小說比賽、第一次出書、第一次接受作家訪談，還有第一次這麼認真地煩惱後記的字數不足。做夢都沒想到能走到現在這步，如果書名有個副標的話，應該要叫做「萬萬沒想到」。

說起來，會寫下這個故事也是個意外，江坤寒和莫刑這兩人某天突然出現在我的腦海裡，我本來沒理會他們，豈料後來劇情片段越累積越多，最後就不得不寫下來了。

原本預想的結局並沒有這麼溫柔，差一點就要在BE的道路上一去不復返，結果寫到一半卻突然轉向。狀況很糟的莫刑改變了許多，反而江坤寒才是那個讓我頭痛不已的人。

竟然成爲了救贖系的故事，能有這樣的結尾，我自己都鬆了一口氣。

我想莫刑和江坤寒之後會平凡地生活下去，在這世界的某個角落安安靜靜地互相依偎，這對他們而言，應該就是最好的終點了。

最後要感謝一路上給予我鼓勵的讀者們，如果這個故事能夠讓大家留下一些回憶就太好了。

感謝POPO的青睞，要是沒有參加這次的比賽，《迷蝶香》可能永遠不會公開發表。還有感謝編輯部的幫忙，尤其謝謝編輯思涵在各方面的耐心指點，和每一次認眞地來回討論劇情，沒有因爲錯字太多就放生我，有了她的協助，《迷蝶香》才能更加完善。

希望我今後能繼續創作出有意思的作品，並且可以一直寫下去。
這個故事獻給每個值得被救贖的人，我們有緣再相見！

依讀

國家圖書館出版品預行編目資料

迷蝶香／ 依讀著. -- 初版. -- 臺北市；城邦原創出版：家庭傳媒城邦分公司發行, 民 109.04
面； 公分

ISBN 978-986-98907-2-4（平裝）

863.57 109004874

迷蝶香

作　　者／依讀
企畫選書／楊馥蔓
責任編輯／陳思涵

行銷業務／林政杰
總 編 輯／楊馥蔓
總 經 理／伍文翠
發 行 人／何飛鵬
法律顧問／元禾法律事務所　王子文律師
出　　版／城邦原創股份有限公司
台北市中山區民生東路二段 141 號 6 樓
電話：(02) 2509-5506　傳眞：(02) 2500-1933
E-mail：service@popo.tw
發　　行／英屬蓋曼群島商家庭傳媒股份有限公司城邦分公司
聯絡地址：台北市中山區民生東路二段 141 號 6 樓
書虫客服服務專線：(02) 25007718・(02) 25007719
24小時傳眞服務：(02) 25001990・(02) 25001991
服務時間：週一至週五09:30-12:00・13:30-17:00
郵撥帳號：19863813　戶名：書虫股份有限公司
讀者服務信箱 email：service@readingclub.com.tw
城邦讀書花園網址：www.cite.com.tw
香港發行所／城邦（香港）出版集團有限公司
地址：香港灣仔駱克道 193 號東超商業中心 1 樓
email：hkcite@biznetvigator.com
電話：(852)25086231　傳眞：(852) 25789337
馬新發行所／城邦（馬新）出版集團 Cité(M)Sdn. Bhd.
41, Jalan Radin Anum, Bandar Baru Sri Petaling,
57000 Kuala Lumpur, Malaysia.
電話：(603) 90578822　傳眞：(603) 90576622
email:cite@cite.com.my

封面插畫／淩夏
封面設計／Gincy
印　　刷／漾格科技股份有限公司
電腦排版／陳瑜安
經 銷 商／聯合發行股份有限公司
客服專線：(02)2917-8022　傳眞：(02)2911-0053

■ 2020 年（民 109）4 月初版　Printed in Taiwan

定價／270元

ISBN　978-986-98907-2-4